壇 11

日本語版｜増訂版

ECFA and the Strategic Alliance among
Taiwanese and Japanese Entrepreneurs：
Experiences, Cases and Prospects

ECFAと日台ビジネスアライアンス
経験、事例と展望
エリートの観点とインタビュー実録

◎尹啟銘 ◎王珍一 ◎王純健 ◎末永明 ◎朱　炎 ◎李富山
◎岡崎英人 ◎林祖嘉 ◎金堅敏 ◎根橋玲子 ◎高　寛 ◎張紀潯
◎陳子昂 ◎詹清輝 ◎劉仁傑 ◎蔡錫勲 ◎鄭惠鈺 ◎藤原弘

徐斯勤 林祖嘉 陳德昇 編

はじめに

　本書は今年4月に政治大学が開催した「ECFAと日台企業アライアンスシンポジウム」で発表された論文の観点とインタビュー記録を整理したものである。今回のセミナーでは日台双方の産官学界が推進するテーマについて検討を行ったほか、学術交流と対話を通じて、英知を集め、より大きな成果を得る効果を発揮した。

　本書はまた、日台企業アライアンスの実例を収集している。中には成功要素と運用メカニズムの討議、また失敗原因の検証が収められている。特に現段階でのサービス業と新興産業の日台企業提携の新モデル、及び中国の内需市場に進出する際に存在するであろう挑戦やリスクも重点としている。

　私たちは学術研究に従事する際、常に知識、専門並びに経験の共有を信条としている。シンポジウムの「川上」(準備作業)、川中(学術研究)の双方において、皆が非常に大きな労力を費やしてきたが、われわれは「川下」(文献累積と出版)作業の実行をより重視しており、産官学と社会の各界とより整った情報を共有することができるよう期待している。このほか、今回私たちはわかりやすい表現にて討論の成果を現し、読みやすさを向上させたのも学術テーマ普及のための私たちの新たな試みであ

る。

　本書の出版に当たって、観点、事例並びにインタビュー記録を提供してくれた執筆者に特に感謝を申し上げたい。また、陳湘菱氏と黄奕鳴氏の熱心な協力により、本書を無事に出版することができたことに、この場を借りて感謝の意を表したい。

林祖嘉、陳德昇
2011年8月30日

目　次

作者紹介 （姓筆画順）

尹啟銘

国立政治大学経営管理学博士。現在は行政院政務委員。主な専門分野は、産業政策、経営戦略。

王珍一

国立中山大学中国経済貿易大学院博士。現在は旺旺グループ広報委員会特別秘書。主な専門分野は、国際経営管理、多国籍企業交渉、国際財務管理及び会計。

王純健

泰北高校卒業。現在は崇越電通(股)公司の名誉代表取締役。主な専門分野は、企業管理、人間関係。

末永明

日本一橋大学社会学部学士、米国シカゴ大学商学部経営管理修士。現在は、みずほ銀行台北支店長。主な専門分野は、銀行管理。

朱炎

日本一橋大学経済学修士。現在は日本拓殖大学政治経済学部教授。主な専門分野は、中国の対外経済関係、中国企業の対外投資、中国マクロ経済分析。

李富山

　日本筑波大学大学院経営・政策科学研究科修士。現在は日台商務交流協進会秘書長。主な専門分野は、市場開拓、貿易広報、企業アライアンス、市場調査。

岡崎英人

　日本横浜市立大学。現在は一般社団法人首都圏産業活性化協会事務局長。主な専門分野は、中小企業支援（産業・政府・学界間の協力、研究開発、人材育成、海外事業開拓）。

林祖嘉

　米国カリフォルニア大学ロサンゼルス校（UCLA）経済学部博士。現在は台湾政治大学経済学部教授。主な専門分野は、応用固体経済学、中国経済、両岸経済貿易。

金堅敏

　日本横浜国立大学国際経済学部法務博士。現在は日本富士通総研経済研究所主席研究院。主な専門分野は、中国経済、産業政策及び市場の発展、多国籍企業戦力及び中国企業の発展。

根橋玲子

　日本法政大学経済学部修士。現在は財団法人対日貿易投資交流促進協会対日投資顧問。主な専門分野は、投資促進。

高寛

　日本横浜国立大学経営学部。前台湾三井物産代表取締役。主な専門分野は、戦略性国際的分業。

張紀潯

　日本東京経済大学経済学部博士。現在は日本城西大学大学院・経営学部教授。主な専門分野は、国際経済学、アジア経済論、中国労働経済学。

陳子昂

　清華大学応用数学修士。現在は資策会産業情報所主任。主な専門分野は、新興産業の発展評価、企業経営戦略及び財務計画、経済分析及び市場調査。

詹清輝

　上海交通大学経営学部博士。現在は日本城西大学大学院経営研究学部客員教授。主な専門分野は、国際マーケティング、流通経済、アジア経済創新理論。

劉仁傑

　日本神戸大学経営学博士。現在は東海大学工学部教授。主な専門分野は、経営戦略、リーン生産方式及び製品開発、産業のレベルアップ及び転換、アジア日系企業発展。

蔡錫勲

　日本国立東北大学大学院経済学研究科博士。現在は台湾淡江大学アジア学部日本組副教授。主な専門分野は、日本・東アジア政策、経営学。

鄭恵鈺

　輔仁大学英国文学学科学士。現在は、日本医療法人珠光会理事兼台湾珠光会バイオテクノロジー(股)公司代表取締役。主な専門分野は、国際交流、バイオテクノロジー医薬、ガン免疫、健康促進及び老人保健。

藤原弘

　関西大学法学部法律学科卒。現在は、東京中小企業投資育成（株）ビジネスサポート第一部国際ビジネスセンター所長。主な専門分野は、アジア・中国における日本企業及び外国企業の経営戦略。

ECFAと日台企業の
アライアンス

尹啓銘

（行政院政務委員）

―――――― 内容のポイント ――――――

| ECFAの提起 |

•

| 日台経済貿易関係と重要性 |

•

| 日台企業にとってのECFAの意義と機会 |

•

| 日台のECFA優位性を利用したアライアンスの例 |

•

| 中国市場の共同開拓で創造する双方の利益 |

ECFAの提起

　ECFAの提起は2008年にさかのぼり、APECがペルーで開催された際、中国は当時、既に経済協議を締結する意向を示していた。2009年2月、台湾側は両岸経済協議について話し合いを行うことを決定した。「両岸経済協力枠組み協議」（以下、ECFA）は1年7ヶ月を経て2010年6月29日に行われた第5回江・陳会談にて調印され、同年9月12日に発効し、先行実施項目（以下、アーリーハーベスト）が2011年1月1日より製品貿易において実施された。両岸の製品で、2011年1月1日、第一日目にまず中国に到着したのは農産物計2ロットで、1ロットは東港の石斑魚（ハタ科の魚）、もう1ロットは小玉すいかとオレンジであった。

　ECFA第11条の規定に基き、両岸は、任務性、機能性を備えた協議プラットフォーム及び連絡メカニズムとして、「海峡両岸経済合作委員会」（以下、経合会）を設立した。双方は製品貿易、サービス貿易、投資、争議解決、産業協力、税関協力など、6つの作業グループの設置に同意し、全面的に各項目の後続の協議を行った。ECFAは発効後6ヶ月以内に、2回目の協議を行わなければならず、製品貿易、サービス貿易、争議解決、投資協議などについて話し合い、引き続き協議を行い調印していく必要があった。そこで、2011年2月22日、経合会は第1回例会を開催し、双方により製品貿易、サービス貿易、争議解決の3項目の協議についての話し合いを開始することが宣言

され、作業グループが各項目について全面的に後続協議を行った。日台企業の提携において、最も重要なのは産業協力である。

ECFAは台湾の貿易経済及び外交の発展にとって重大な意義があるほか、台湾の産業発展に新たな契機をもたらした。

- 国際経済貿易における台湾の活動空間の開拓：両岸のECFA調印により各国の台湾とのFTA調印への懸念が減少され、台湾の世界における経済貿易の活動空間が広がり、周辺化の危機を脱した。一旦ECFAが調印されると、他の国も台湾とのFTA調印への意向を強めた。実際、現在経済部にて数件のケースが進められており、シンガポールやインドなど他の国々もその意向を示しており、主に製品、投資、知的財産権、サービス貿易などに関する経済協力の内容について、台湾との話し合いを希望している。

- 中国内需市場の開拓：ECFAは関税減免のほか、投資、貿易簡便化、知的財産権、産業協力などにより、台湾企業を、加工輸出貿易の形態から、自社ブランド展開に転換させ、中国内需市場の開拓につなげる。

- 外国人の台湾投資誘致：中国は外国企業に対し多くの制限を設けているうえ、法規が複雑で不透明、行政の効率が悪いことから、多くの外国企業の困惑を招いている。両岸は言語と文化が類似しており、ECFAは外国企業の中国市場進出において台湾をステップとすることを可能とした。ECFAは、製品、投資、知的財産権など、盛り込まれてい

る領域が広く、台湾企業の中国内需市場開拓につながるだけでなく、外国企業の台湾投資誘致にもつながっている。

- 台湾企業と外国企業の提携促進：ECFA第6条第6項では産業協力について述べられており、外国企業も台湾企業の中国進出と投資に参与することができる。ECFA経合会は産業協力作業グループを作り、両岸の産業の更なる制度化された協力を促進し、外国企業も台湾の産業と協力し、このプラットフォームによりもたらされたビジネスチャンスを通して中国市場を開拓することが可能である。

日台間の経済貿易関係と重要性

- **台湾貿易にとっての日本の重要性**

　日台間では貿易往来が盛んであり、それぞれが相手にとって重要な貿易パートナーであり、日本は台湾にとって中国に次ぐ二番目の貿易パートナーである。台湾税関の統計によると、2010年、台湾の日本からの輸入額は約521億米ドルで、台湾総輸入の20.7%を占めた。また、台湾の日本への輸出額は約170億米ドルで、台湾総輸出額の6.5%を占めた。

　台湾は日本の工業製品に対して依存性が高く、両国は切っても切れない貿易分業関係にある。台湾は日本から主に工具、機械、自動車部品、光学部品などの川上製品、半導体製造設備、液晶パネル製造設備などの高精密製造設備と光学、家電製品な

ど川下消費製品を輸入している。現在、日台間の貿易赤字は約300億米ドルにのぼる。

● **日本の貿易における台湾の重要性**

日本にとっての台湾の重要性を見るならば、台湾は中国、アメリカ、韓国に次ぐ4番目の貿易パートナーである。日本税関の統計によると、2010年の日本の台湾からの輸入は231億米ドルで、日本の総輸入の3.3%を占め、また台湾への輸出は約524億米ドルで、日本の総輸出の6.8%を占めている。

日本の台湾からの輸入はまた工業製品に集中しており、川上製品は半導体製品、光学製品、コンピュータ関連部品などで、川中川下製品ではコンピュータとその周辺製品が主で、このほかプラスチック製品も主な輸入品項目となっている。総括すると、両国間には不均衡な現象があると言える。

● **日本の対台湾投資概況**

日本の対台投資の比重においては、日本企業が外国企業の対台湾投資全体に占める割合が最も高かった期間は1981~1990年である。日本企業の対台投資は1981年以降、急速に成長し、約20億米ドルの幅で増加した。日本企業が外国企業の対台投資に占める割合は、各時期を通じて常に10%以上であり、1981~1990年では32%にも達したが、ここ10年は11%前後に低下している。その後、金額は累積され続けていはいるものの、全体における比重は年を追って低下している。台湾にとって

は、実際、金額がしだいに減少しているが、件数では金額が占める割合よりも少し高くなっている。全体的には、歴年の日本の対台湾投資額は165億米ドルにのぼり、外国企業総投資額に占める割合は14%、第4位である。投資件数では累計で6,450件、総投資件数に占める割合が23%で、外国企業投資の中で第1位である。このことから、対台湾投資外国企業における日本企業の重要性が明らかである。

　日本の対台投資はどの方面に集中しているのだろうか。ここ10年、日本企業の対台投資額約72億米ドルのうち製造業が約56%、サービス業が約40%である。産業別では、主に電子製造業、金融保険業、電子光学製品産業、卸売り・小売業に集中している。ここからわかるように、日本の投資は電子部品、そしてコンピュータ方面と、台湾が最も強みとしている分野に集中している。

　サービス業においては、卸売り・小売、金融保険が最も多い。金融保険と卸売り・小売業への投資はここ数年で主な投資項目となってきており、日本の対台投資額の約3割を占めている。これは主に、アジア・太平洋地区の消費市場の台頭、特に中国消費市場の急速な発展に加え、台湾企業の中国市場に対する理解によるものである。よって、サービス業は日本企業の主な投資産業になりつつあり、この傾向が将来も継続すると思われる。

● 台湾の日本投資概況

　台湾企業の対日投資額は1991年以降急速に成長し、20年間の累計金額は13億米ドルに達している。しかし台湾企業は、基本的に日本を重視してはおらず、投資が急速に成長した1991年以降の20年においても、対外投資金額に占める割合はわずか2%ほどであり、投資件数では、わずか3.5~4.7%である。歴年の台湾の対日投資額の累計は13.25億米ドルで、総対外投資額に占める割合は約2%である。対日投資件数の累計は517件、総対外投資件数に占める割合は約4%である。ここ4年、台湾の対日投資額は約2.14億米ドル、うち製造業が約42%、サービス業が約57%である。個別に見ると、主に金融保険業、電子製造業、卸売り・小売業に集中している。また近年は金融保険及び卸売り・小売業などのサービス業への投資も台湾企業の主な対日投資項目となっている。日本企業はこれらの産業にて優位性を備えているだけでなく、日本企業が対台投資を行う主要な業種でもあることから、日台企業のサービス業領域における密接な交流がうかがえる。

日台企業にとってのECFAの意義と機会

● 日台の垂直分業システムの強化と水平分業産業領域の拡大
　ECFAの意義として、まず日台間の水平統合と垂直統合の強化が挙げられる。両岸のECFA調印後、台湾製品の中国における競争力が向上し、台湾の中国への輸出が増加した。台湾は日

本の川中・川上製品への依頼性が高く、必然的に日本の川上部品と高級設備に対する需要が増え、日台間の垂直分業システムがさらに強化された。柔軟性を高め、迅速に市場に進出するため、日台電子、IT産業の協力関係は過去の垂直分業から水平分業へとしだいに変わりつつある。水平分業戦略による日台企業共同の中国市場進出はより多く見られており、日台が提携する産業の種類も増加している。

　つまり、これまで日台間では垂直分業に力を入れ、日本の台湾への販売はほとんどが原材料と部品であり、台湾が組み立てて輸出していた。しかし、ECFAにより、中国での関税が免除されたため、川上と川中における輸出が促進され、垂直分業の関係が深まった。しかし相対的に水平分業システムの形成にもつながり、日台間の垂直分業システムがさらに強化された他、台湾企業の優れた柔軟性により、日台産業における水平分業システムも誕生した。例えば自動車産業では、ある自動車のモデルをある場所で生産する日本企業が、台湾においても生産することにより、水平分業が行われる。このように、日台間の提携において、今後、垂直分業と水平分業が共に強化されていくであろう。

● 日本企業の対台投資におけるニッチポイントの拡大

　ECFA発効後、台湾は有利な経済戦略地位を獲得した。日本企業は直接中国市場に進出する際の柔軟性とリスク低下を見込んで、台湾を中国市場進出のためのステップとしている。昨年

の5月と6月、ホンダの中国サプライヤー6社でストライキ、労使紛争が発生し、トヨタでもストライキが発生した。その後、この発生状況に対する専門家の分析により、日本の経済連合会組織が中国に導入されたことに伴い、日本企業の制度と方法が全面的に中国に持ち込まれ、現地化が行われず、中国現地の人員を幹部に登用していなかったことが相互の意志疎通における障害となったという文化的な問題が認識された。仮に、日本企業が台湾のパワーを応用することができるならば、多くのリスクは回避することができるであろう。特に日本ビジネスマンの多くは台湾に来てすぐに台湾に溶け込んでいる。

　このほか、金融保険、商業サービス、運輸、投資保障を含む分野の開放と提携については、台湾を介して中国に進出したほうが、日本企業の中国サービス業市場開拓に有利であり、日台企業双方が提携する分野は非常に広範に亘る。

● 日台アライアンスによる双方の利益増加

　日本と台湾は補完関係にある。日本企業にはブランドと傑出した研究開発の成果があるが、それをいかに商業化するのかが、台湾企業の最も得意するところである。スマイルカーブから見ると、日本企業は曲線の両端にあり、台湾はその真ん中にある。もしそれを合わせることができるならば、非常によいビジネス・アライアンスとなる。日本企業の最も突出している部分は、常に「革新」にこだわることであるが、いかに革新を「商品化」するかについては台湾企業に任せることができ、双

方はすばらしい提携関係を構築することができるのである。

　将来日台企業が協力して中国に進出する機会は増加し、日本企業は直接投資や技術移転による日台間の分業モデルを強化するほか、アライアンスの方法で協力関係を深めることができる。またこの方法によりうまく統合することができるならば、日台双方が他の市場を開拓するにも役立つ。電子産業を例に取ると、日本企業には技術と資金があり、台湾には大規模な生産能力がある。日本企業と台湾企業はアライアンスにより、新製品の共同開発や共同出資をとおして周辺部品業者を合併買収するなどして、日台双方の競争力を強化することができ、一旦アライアンスが成立すれば、双方の利益が期待できる。

● 日本企業の中国における投資障害を減少

　ECFAの最も重要な目的は自由化により貿易障害のリスクを最低限にすることである。現在日本と中国は自由貿易協定を締結しておらず、中国のサービス業市場の開放度も小さい。ECFAと将来のECFAの製品及びサービス貿易に関する話し合いが、日本企業の台湾を基地とした中国市場進出に役立ち、貿易と投資の障害を最低限にする。

　ECFAサービス貿易のアーリーハーベスト部門と開放措置サービス提供者の定義では「非金融サービス業の在台企業が3年以上、金融業の在台企業が5年以上継続して経営した場合、中国ECFAサービス業市場開放措置が適用される」と規定され、これが日本企業と台湾企業の合資や連盟のインセンティブとな

る。日本が技術とブランドを提供し、台湾の販売ルートを組合せるならば、日台共同による中国市場開拓に有利となる。

日台のECFA優位性を利用したアライアンス例

● 工作機械産業—日本企業OKUMA

　OKUMAは日本第二の大手工作機械業者で、2010年の生産高は210億台湾元である。2009年は景気の影響により、台湾投資計画が遅れたが、現在生産能力が倍増したこと（出貨量30台/月から60台/月に増加）とECFAアーリーハーベストに107の機械・部品製品が盛り込まれたこと、中国の関税平均8%がゼロになったこと、日本企業が台湾を生産基地として中国市場を開拓することが非常に有利であることなどから、2010年末に工場建設計画を改めてスタートした。投資を拡大した主な理由は以下のとおりである：(1)世界の景気回復、(2)両岸のECFA調印の影響、(3)政府の十分なサポート、(4)整ったサプライチェーンシステム、(5)台湾の優秀な人材。

　現在OKUMAは桃園鶯歌で生産拡大に取り組んでいる。2010年5月、OKUMA第1期鶯歌工場（2000坪）が完成し、2011年12月までに3000坪の研究開発棟の拡張工事も行う予定である。OKUMAによると、増資金額は約7億台湾元で、生産高も33億台湾元増加、雇用者数も約200人増加の見込みである。2012年のCNC旋盤生産能力は1,600台に達する見込みである。

● **自動車産業―台惟工業**

　台惟工業は早くから経営を開始し、歴史のある、台湾唯一の
CVJ（等速ジョイント）専門製造メーカーで、少量多様化生産
により自動車製造業者に製品を供給している。1983年より輸入
等速ジョイントの組立てを主に行い、現在国内の自動車製造メ
ーカーの各種車体用等速ジョイントと関連部品を多く生産する
ようになった。主に日本NTN社とイギリスGKN社と提携し、
中華台亜股份有限公司が27.50%、日本NTN社が36.25%、イギ
リスGKN社36.25%の割合で出資している。

　自動車部品33項目がECFAアーリーハーベストに組み込ま
れ、中国の関税平均9%がゼロになったことが、台湾を生産基
地とした中国市場開拓に役立ち、日本企業の台湾投資にも有
利となり、双方の利益へとつながった。2010年7月から現在ま
で、ECFAの効果により、中国の注文量が増加し、設備稼働率
が100%に達した。2011年7月から2011年12月まで、生産効率改
善のために、生産ライン拡張と設備増加を計画している。そし
て増加する注文に対応するため、2012年1月までに工場の拡張
を行う。ECFA効果が引き続き増強されることは、業者の国際
競争力の強化、輸出量の増加につながり、また、注文の大幅増
加による生産能力向上の需要への対応としての工場の拡張は、
就職率の増加をももたらすことになるであろう。

● **パネル産業―日本企業旭硝子**

　日本企業旭硝子は世界第2のガラス基板メーカーで、2010年

の世界の生産能力市場シェア（面積ベース）は24.9%に達した。しかし、2009年の金融危機による不景気の影響で、旭硝子は投資においては傍観するのみであった。国内のパネル業者が工場増築と生産能力拡充を続け、ECFAアーリーハーベストに2項目のLCDガラス製品が組み入れられ、関税17%がゼロとなり、今後ECFA製品協議による利益の増加及び中国市場開拓に役立つことから、2010年、後処理研磨加工ラインを増設し、6台目の溶炉を建造した。つまり、日本企業旭硝子の台湾投資の主な理由は以下のとおりである。(1)整ったサプライチェーンと産業クラスター、(2) ガラス基板のECFAアーリーハーベスト組み入れ、(3)台湾の優秀な人材、(4)政府の十分なサポート、(5)パネル顧客との関係強化。まとめると、旭硝子の現在の台湾投資額累計は700億台湾元以上となっている。今後、パネル業者の高世代生産ラインの計画に対応して、旭硝子は将来生産能力を拡張して需要に応えていく。

● 電子材料産業―日本企業JSR

　日本企業JSRは国営日本合成ゴムを前身として合成ゴムの生産で起業し、2010年の生産額は約3,101億円であった。1988年より多角経営を開始し、高分子化学をベースとして、感光性スペーサー、カラーレジスト、配向膜用耐熱透明樹脂、絶縁膜などの液晶材料関連製品の生産と販売を行っている。中でも主力製品カラーレジストにより、世界トップのカラーレジスト（color resist）メーカーとなった。

　TFT-LCDは台湾で育成された重要な産業であるため、台湾ではサプライチェーンが整っている。ECFAにより広大な中国市場の開拓が可能となったことにより、LCD関連部品の需要が拡大するであろうことに目を付け、LCD関連部品の需要を拡大し、JSRは既存の投資をベースとして、台湾における生産と研究開発を拡大した。日本円12億円の増資と、約30名の新規雇用者が期待され、同時に台湾で「配向膜」生産ラインを設立する可能性も検討されている。

中国市場の共同開拓で創造する双方の利益

　総括すると、日台双方は貿易取引が頻繁で、日本は台湾第2の貿易パートナーであり、第1の輸入元、第4の輸出市場である。台湾もまた、日本企業の東南アジア投資の重要な拠点であり、台湾の多くの重要な電子産業は日本企業の台湾投資、技術移転により発展してきた。しかし、ほとんどが取引きのある関係企業間における貿易提携関係であり、新しい企業の開拓が望まれる。とりわけ2008年の世界金融危機の後、円高が続き、日本製品の輸出が縮小されている。私たちは、日本企業がECFAを利用して競争力を向上させるようを期待している。全体的に、日台両国は、投資、貿易、産業分業のどの分野においても非常に密接な関係にある。

　ECFA調印後、台中間の開放政策の数々は、台湾と日本企業にさらに多くの提携チャンスをもたらした。台湾は対中投資の

経験が豊富で、柔軟性を備え、もし、日本企業が台湾を中国市場進出へのステップとするならば、より有利となるであろう。

　よって日台両国が他の国よりも容易に提携を考慮する理由は基本的に両者に相補関係があることである。さらに日本と台湾の産業はそれぞれ競争力を持っており、長所を学び、短所を補うアライアンスにより、日本の競争力を備えたブランド、技術、資金に台湾の柔軟な管理、生産能力、中国に関する知識と経験を組み合わせることができるならば、共に中国市場を開拓し、双方が利益を勝ち取る局面を創り出すことができるであろう。

ECFAと東南アジア経済貿易
統合の新契機

林祖嘉

（政治大学経済学部教授）

─────── 内容のポイント ───────

│国際経済統合の現状│

●

│ECFAの台湾経済に対する影響│

●

│ECFAの経過、内容と特色│

●

│アーリーハーベストリストの内容と効果│

●

│ポストECFA時代の両岸関係と台湾の国際経済貿易の舞台│

国際経済統合の現状

　台湾と中国の経済貿易関係が改善されると、台湾と他の国との経済貿易関係も同様に改善される。私たちはECFA締結後、台湾が1つのプラットホームとなり、世界の企業が台湾を通じて中国に進出、そして中国企業が台湾を通じて世界に進出することができるよう願っている。これは台湾の長期的な目標であり、戦略展開である。ECFA調印は、なぜ台湾にとって重要なのだろうか。本論ではまず全世界の経済貿易統合の過程を説明し、次に、ECFAの台湾への影響が何であるかを議論し、説明する。そしてアーリーハーベストリスト（先行実施項目）の内容と特色を紹介し、最後に最も重要な点である、ECFA調印後の台湾の国際経済貿易の場における問題について検討する。これは台湾の人々が非常に関心を持っている問題の1つでもある。

　国際経済の統合においてはGATT(関税及び貿易に関する一般協定)が1947年に成立し、1995年にWTO(世界貿易機関)に移行した。WTOの運営は順調であるが、中には難しい部分もある。その1つが最恵国待遇である。最恵国待遇とは、二国間で商品の関税引き下げを協議する場合、その減税の効力は、その他の国家にも同様の処置を提供しなけらばならないため、二国間で関税引き下げを討論する場合、非常に慎重に行われることになる。つまり、ある国が特定の国との関税引き下げに同意した場合、その他の加盟国に対しても同意したに等しく、特恵関

税の効力はその他の加盟国にも及ぶことになる。しかし、二国間にて、或いは数カ国が一緒に多国間FTAに調印した場合、その減税効力は調印国間に限定される、つまり、WTOに1つの付属条項があり、この条項により、二国間或いは多国間でFTAに調印した場合、最恵国待遇の規定を排除することができる。しかし、FTA調印時には別の規定があり、二国間或いは多国間で関税の引き下げを協議する場合、1項目だけに絞ることはできず、FTA調印後は大部分の製品において関税を引き下げなければならず、FTAは包括性と広範性を有していなければならないのである。

　現在多くの国がEU(欧州連合)、NAFTA(北米自由貿易協定)、ASEAN(東南アジア諸国連合)等の二国間或いは多国間の地域性経済貿易組織に加盟している。二国間FTAでは、2010年7月現在、全世界に計474のFTA協定があり、正式に発効しているのは283協定になる。アジアの主要国を見てみると、2000年にはFTAはわずか5つに過ぎなかったが、2011年には45協定に増えており、急速に成長している。そのうち日本はすでにアセアン10カ国、シンガポール、マレーシア等の国と調印しており、韓国やオーストラリア、インド等とは現在協議中である。韓国は現在、すでにアメリカ、欧州連合、シンガポール等と調印しており、調印が非常に速く進められている。韓国は台湾にとって最大の貿易相手であり、台湾への脅威も最も大きい。シンガポールはすでにアメリカ、アセアン、ニュージーランド、日本等と調印している。そして中国も香港やマカオ、CEPAと

調印し、今後APTA(アジア太平洋貿易協定)、アセアン、パキ
スタン等の国や地域と調印する予定である。

　東南アジア経済統合においては、中国とアセアンが2002
年11月にプノンペンで「アセアン－中国包括的経済連携協
定」（TheFramework Agreement of Comprehensive Economic
CooperationAgreement, CECA）を正式に調印し、2010年にア
セアンの初期加盟6カ国がまず中国と貿易自由化を達成し、
2015年にはアセアンの残り4カ国と関税引き下げを行う。日本
は2008年にアセアンと経済連携協定(EPA)を採択し、予定では
10年以内に日本が93％のアセアン製品の関税を撤廃し、アセ
アンは日本の90％の製品の関税を撤廃する。また、アジア太平
洋自由貿易圏(FTAAP)に関しては、アメリカが2006年12月に
APEC（アジア太平洋経済協力）を直接FTAAPに組織変更しよ
うと提案した。

　2000年4月30日以前は、東アジアでは二国間FTA調印に参加
したのはごく少数であったが、2001年にニュージーランドとシ
ンガポールが、2002年には日本とシンガポールが、2003年に
は中国と香港、マカオが、そして2004年には中国とアセアンが
それぞれFTAに調印した。しかし、台湾には何ら動きがなく、
過去数年間に少数の正式な国交国であるパナマ、ニカラグア、
ホンジュラス、グァテマラ、エルサルバドル等の中南米国と
FTAを調印しただけであった。しかし、これらの国は距離的に
台湾から遠く、しかもその貿易総額は台湾の対外貿易総額のわ
ずかの0.2％にすぎなかった。これらの国との関係は政治上の

意義を備えているかも知れないが、経済的な効果は非常に限られている。

　重要なのは、アセアン10カ国である。早期では2002年に中国とFTAを調印し、アセアン＋1と称された。その後2005年に韓国、2008年に日本、2009年にオーストラリアやニュージーランド、2010年にはインドと調印した。これらは全て2000年以降に調印されている。台湾はこのような環境の中、どのアジア国家ともFTAを調印していない。この状態が続くと、各国の二国間貿易の関税引き下げにより、台湾に非常に大きなプレッシャーが生じる。しかもこれらの国家間の関税税率がゼロになっているのにもかかわらず、これらの国や地区に輸出する台湾製品には全て関税がかかるというような時が来た場合、その時、台湾はどうしたらよいのだろうか。このような現象が早急に打開されるよう願っている。

　台湾は政治的な要素から、ずっと前に進むことができずにおり、台湾企業はさらに多くの国や人とビジネスを行いたいと願っているが、種々の圧力を受けている。台湾が中国とECFAを調印したのは、台湾の対中国輸出、即ち中国市場が台湾の輸出総額に占める割合は42％で、台湾の東アジア全体に対する輸出総額の67％を占めているからである。ここから、台湾は当然中国との問題を先に解決し、それからその他の国との問題を解決しなければならない。重要なのは、中国がWTOに加盟した後、その平均関税が9.4％で、同時に現在台湾の電子産業の粗利率が2〜3％を維持している場合、中国への輸出関税がゼロ

になれば、台湾企業に対する利益は明らかに増加する。そのため、ECFA調印は台湾経済と産業発展に明らかに肯定的な貢献をしていることがわかる。また、国際経済の急速な統合に直面し、台湾は周辺化されることを避けなければならず、ECFAは台湾が表舞台に出る戦略的手段なのである。

　かつてマイケル・ポーター氏が、「ECFAは唯一の選択肢である」と述べ、大前研一氏も「ECFAは台湾にとってのビタミンである」と述べた。実際、ECFAは台湾にとって非常に重要な戦略的行動であり、台湾はまず中国と調印し、その後その他の国と調印することができる。李光耀氏はかつて、「シンガポールと台湾の関係は、台湾と中国の関係の前を行くことができない」と述べ、それはつまり、台湾が中国とFTAを調印しない限り、シンガポールが台湾とFTAを調印するチャンスはゼロに等しいということである。2010年6月に台湾が中国とFCFAを調印した後、同年8月に直にシンガポールとFTA協議を開始すると発表し、しかも名称もASTEP(台湾－シンガポール経済パートナー協定)と決められた。また、胡錦濤氏の2008年12月の「胡六點」の内容からも、中国が台湾が求めているのは中国だけではなく、その他の国の市場も必要としていることを知っていることが伺える。

ECFAの台湾経済に対する影響

一、ECFAの台湾GDPと就業への影響

　中華経済研究院の報告によると、ECFAの調印は、台湾の経済成長率に約1.65％貢献し、26.3万の就業機会を創出するとされている。また、中国商務部は、両岸のECFA調印による、中国のGDP伸び率は0.36％前後で、仮にアセアン＋3を加えた場合の伸び率は約0.63％となると概算し、経済の観点から見ると、当然、市場がますます大きくなるほうが望ましく、両者ともに有益であり、しかも市場の統合も益々進むであろうと評価した。

　もちろん、開放は競争力を備えた産業には有利であるが、劣勢にある産業には犠牲を伴う。ECFAの台湾の個別産業に対する影響を見た場合、プラスに影響する産業として、プラスチック、機械、紡績、鉄鋼、石油があり、マイナスに影響する産業として、その他運輸ツール業、木材製品業、タオル、既製服等があり、これらマイナス効果のある産業に対しては、開放を遅らすよう協議することができる。そのため経済の角度から言えば、市場は大きくなれば大きくなるほどよく、両者ともに利益を得ることができ、これは政治問題のもたらす結果とは全く異なる。

ECFAの経過、内容と特色

一、ECFAの経過と名称の由来

　2008年5月馬総統が就任した際、両岸は包括的経済連携協定(CECA)を結ぶべきであると主張したが、名称が中国－香港が調印したCEPAに良く似ていることから、野党は難色を示した。その後2008年12月の第4回両岸経済並び文化フォーラム、2008年12月31日胡錦濤主席の「台湾同胞に告げる書」(胡6点)を経て、2009年2月に両岸経済協力枠組み協議(ECFA)に改められた。その他の国の名称、例えば中国とアセアンが調印したのはアセアン－中国包括的経済連携協定（CECA）、中国と香港が調印したのは包括的経済連携協定 (CEPA)で、これは一国二制度の原則の下で調印されたものである。日本がその他の国と調印しているのは全て「経済連携協定(EPA)」である。名称は異なるが、最終的には全てWTOに報告しなければならない。中国はECFAが両岸の特色を備えたFTAであるとよく言っているが、台湾にとってはこれはWTOの規範であり、WTOの規範に基づいて調印した以上、最終的には全て地域貿易協定（RTA）に帰属する、即ち地域の経済貿易協議であるととらえている。そのため調印した名称は重要ではなく、真に重要なのはその実質的に署名した内容なのである。

　その後、中国台湾事務弁公室の王毅主任が2010年3月に、台湾に利を譲るとし、台湾に開放する金額と項目は全て台湾よ

りも多く、同時に、中国は台湾に対して農産物と労働市場の開放を要求しないと述べた。この2つの最大の問題が解決された後、後続の協議は非常にスムーズに進んだ。ECFA協議の過程を見ると、2010年6月29日に正式に署名を行い、8月に立法院を通過して立法手続きが完了したことを受けて、同年9月12日に両岸にて文書交換が完了し、正式にECFAが採択された。2011年1月、両岸経済合作委員会が成立され、後続の協議が行われている。また、2011年1月1日より関税引き下げが実施された。

二、ECFAにおける争議

（一）WTO様式か、両岸の特殊な様式か

両岸が調印したECFAは両岸の特殊な様式によるのではないかと心配する人もいるが、最終的にはWTO審査に報告しなければならないため、ECFAはWTO様式に基づいて中国と調印している。ECFAはWTOへの登録を通して、両岸の関税引き下げを両岸間だけに制限することが可能となる。WTOに登録することができなければ、アメリカ等その他の国は最恵国待遇の規則に沿って、両国間の協定と同様な関税引き下げを要求することができる。

（二）農業の開放

台湾は中国の農産物に対して更なる開放を行わず、しかも中

　国もこの項目について台湾に再要求しないことに同意しているため、この争議はすでに存在しない。事実、アーリーハーベストリストの中で、中国は自主的に19項目の農産物を一方的に開放し、台湾農産物の関税を引き下げて中国に輸入できるようにしている。

（三）退出メカニズム

　両岸がECFAに調印した後、将来的に中国が両岸間の経済貿易関係を利用して、さらに台湾に影響を与えることを心配している人もいる。そのため、両岸ECFAの主文に終止条項を明文規定するべきだと提案した。ECFAの主文には確実に1条の終止条項があり、両岸には将来ともに自主的に終止要求を提出できる権利を有する。

（四）その他国際経済貿易組織につながる可能性

　一部の人は両岸がECFAに調印した後、将来台湾の経済はさらに中国の経済に閉じ込められてしまう可能性があると心配しており、多くの人が台湾とその他の国とのFTA調印の可能性に関心を持っている。この点に関して、王毅中国国務院台湾事務弁公室主任はECFAが調印された翌日、メディアの質問に回答して、「台湾の国際経済貿易の場について、必ず情にも理にもかなう手配をし、実務的に適切な処理をする」と明確に述べた。

　さらに重要なのは、昨年6月末に両岸がECFAに調印した後、

8月に台湾とシンガポールがFTAの協議を開始し、名称を「台湾－シンガポール経済パートナー協定(ASTEP)」にすると同時に発表したことである。台湾・シンガポール間でFTAが調印された場合、台湾がその他アセアン加盟国とFTAを調印する機会が大幅に上昇する。

（五）台湾の関連補完措置（産業救済）

　経済部が950億台湾元の産業発展計画を提出し、そのうちの380億元を労働技能向上、転業補助及び失業救済等に用いるとした。例えば、ECFAの影響で失業した場合、証明が提出できれば、失業補助が6ヶ月から12ヶ月に延長できる。実際、2000年初頭の台湾のWTO加入により5％の農産物輸入を開放しなければならなかった時、1000億台湾元の農業発展基金を提出し、農業が精密農業への業態転換の協力、或いは休耕の支援を行ったことがある。

三、ECFAの主な内容と特色

- 全文16条：ECFAは枠組み協議であるため、概略式の規範だけでよく、全文は16条しかない。非常に簡素である。
- 前文：前文では両岸が調印するECFAの主要原則と精神を説明している。そのうち最も重要なのは、ECFAは「……WTO原則を本に、双方の経済条件を考慮して……」と指摘している点である。この原則は中国と香港の調印が「一国二制度の原則」をもとにしてCEPAに調印したのとは、全く

異なる。

- 第3条の製品貿易の関連規定の中で、将来両岸間の商品をどれだけ関税引き下げの範囲に入れるかは規定されていない。これは一般習慣において相当に高い比率の商品(例えば95％)を関税引き下げのリストに入れる方法と、大きく異なる。企業界がさらに明確な依拠とすることができるよう、将来両岸が製品貿易の協議を更に進める際に、開放する商品項目を全て明確に書き出すよう提案する。

- ECFA本文中には協議或いは実施スケジュールが明記されていない。一般的に、どのFTAにも5年または10年のスケジュールがある。明確な協議完了期間がない情況では、柔軟性が高すぎる。将来台湾の政権が交代するなど変数も多く、企業に対してあまりにも多くの不確定事項が生じることから、将来両岸が製品貿易の協議更に進める際に、協議完了のスケジュールも明確にリストすることを提案する。

- 終止条項（第16条）：「……双方は終止通知送付の日より30日以内に協議を開始しなければならず、協議が合意に達しない場合、本協議は一方が終止を通知した日より180日目に終止する」。この条文が一般慣例と最も異なる点は終止の条件が明記されていないことである。一般的に、契約者双方は終止条項を規定しなければならず、一方の契約者が協議を遵守しない場合、もう一方が終止協議を発動できる。

現在の条文では、ECFAは制度的な規範により双方に合理的

な保障を提供していないため、将来、協議において終止の条件を追加するよう提案する。

アーリーハーベストリストの内容と効果

　ECFAのアーリーハーベストリストでは、台湾製品539項目が中国にて免税優遇を受けることができる。2009年の台湾のこれら539項目の製品の対中国輸出金額を計算すると、約138億米ドルになり、台湾の対中輸出の16.1％を占め、台湾はこれにより9.1億米ドルの関税支出を節減することができる。中国に対しては、台湾は267項目の商品を開放し、2009年の中国の対台輸出額より計算すると約28億米ドル、輸出全体の10.5％で、中国はこれにより1.1億米ドルの関税支出が節減できる。また、台湾経済部は台湾がこの539項目製品の関税免除優遇を受けた後、台湾の生産高が200億台湾元増加し、GDPを0.4％引き上げ、6万件の就業機会を増やすと見積もった。両岸が開放する項目、金額と割合を見ると、中国が台湾より多く開放しており、利を譲る原則に合致していることがわかる。

　実際、関税引き下げ特恵の効果については、減税後の平均輸出価格は一旦下がるため、必然的に双方にメリットがある。関税引き下げの結果、双方にメリットをもたらすことを租税転嫁と呼ぶ。租税転嫁は、一部は需要者に、一部は供給者に与えられ、両者にそれぞれどのくらいのメリットがあるかは、双方の供給弾性と需要弾性にて決まる。いわゆる租税の帰結である。

最後に、指摘しなければならないのは、「利を譲る」真の効果は協議を順調に進め、同時に調印を早めることにある。そのため、私たちは「利を譲る」原則をプラスに評価すべきである。

ポストECFA時代の両岸関係と台湾の国際経済貿易の舞台

一、ECFAの後続協議

　今年1月初めに両岸経済合作委員会が成立した後、商品貿易協議(商品計10500項目)、サービス業貿易協議(金融、物流、文化創作等を含む)、投資協議(投資保障協議並びに投資促進協議等を含む)及び経済提携協議(貨幣清算協議、租税協議、知的財産権保障協議等)など、今後多くの協議について後続の話し合いをより多く進めていかなければならない。

二、台湾の国際経済貿易の舞台

　2010年に台湾が中国とECFAを調印した後、フォード自動車は台湾に300億を投資して自動車工場を建設し、生産した自動車を中国に輸出する準備を進めていると発表した。仮にアーリーハーベストリストに自動車完成車の項目があれば、免税で中国に販売できるため、フォード自動車はすぐに台湾で自動車を生産するであろう。残念なことに、アーリーハーベストリストに自動車完成車は見当たらない。結果、昨年11月にフォード自

動車は台湾投資計画を一時停止すると発表した。そのため、台湾政府は2011年の第2次アーリーハーベストリストに自動車完成車をリストアップし、フォード自動車が台湾に投資し、生産した自動車を中国に輸出できるようにする。現在、中国では毎年1800万台の車両が販売され、すでに世界最大の自動車消費市場であるアメリカを超えている。そのため、私たちはECFAを通じて台湾が中国と世界をつなげるハブとなるよう期待している。台湾とその他の国のFTA調印の可能性については、シンガポールとすでに正式な協議を始めたほか、すでにインド、フィリピン、及びインドネシアとそれぞれ各自研究する初期段階に進んでいる。その後、ニュージーランド、香港、インドネシア、アメリカ(TIFA)、欧州連合等の国或いは地区と、FTAを調印するチャンスがあると考えている。しかし、特に指摘しなければならないのは、将来仮に台湾がニュージーランドとの協議を始めたとして、彼らは台湾に電子製品の輸出を開放するが、彼等の農産物の台湾への輸入開放を希望するであろう。その時台湾に農産物市場開放の準備ができているであろうか。これは実質交渉に関する問題であるが、非常に大きな問題が存在すると考えられる。例えば、アメリカとのTIFA交渉で、彼らはアメリカ産牛肉の輸入開放を希望するが、私たちは消費者の健康を考えて開放を望まない。

　しかし、アメリカと引き続き交渉する場合、アメリカ産牛肉の問題は避けて通れない。従って、国民は考え方の上で積極的に胸襟を開き、更なる開放の準備をしなければならない。同時

に企業や個人の競争力を向上することも必要である。台湾とシンガポールの調印情況は、将来、他の多くの国が参考とするであろう。また、将来政府が努力すべき方向として、対外開放と自己産業の構造調整の2つがあげられる。

　最後に、ECFAがまず中国市場開放の問題を解決し、その後シンガポール、フィリピン、インドネシア等の国とFTAを調印することができるよう願っている。それにより、台湾とその他の国の経済貿易提携にさらに大きなチャンスが生まれ、また、台湾の迅速な東南アジア経済統合システムへの融合を可能とする。馬総統は、ECFAは「台湾を世界に向かわせ、世界を台湾に向かわせる」と述べた。つまり、台湾は世界と国際間のプラットホームにならなければならないということである。全ての産業において世界と中国のプラットホームになれるわけではないが、台湾が少なくともいくつかの鍵となる産業において重要な役目を果たすことができれば、台湾にとってそれで十分である。

　私は、両岸のECFA調印後、台湾に黄金の10年がやってくると信じている。昨年2010年の台湾のGDP成長率は10.82％で、過去20年で最高水準を記録した。2011年は台湾の黄金元年である。将来の両岸関係、国際経済貿易の舞台、台湾企業体の継続的改善が、台湾にとって最も重要な挑戦であった。ECFAは台湾の国際市場への舞台を切り開いた。しかし、政府、企業、そして国民がより多くの競争力を備えることができるならば、将来の台湾経済貿易に更に大きな希望を持つことができるであろう。

ポストECFA時代の日台アライアンス：
工作機械産業の発展とビジョン

劉仁傑

（東海大学工学部教授）

—————— 内容のポイント ——————

｜台湾資本企業が中国市場の恩恵を受ける｜

•

｜ECFAと日台の企業提携｜

•

｜日台工作機械産業発展の最前線｜

•

｜日台工作機械企業の提携と事例｜

•

｜5点分析と解読｜

台湾資本企業が中国市場の恩恵を受ける

　2010年に多くの台湾のメーカーが2008年の金融危機前の水準近くに回復しました。台湾メーカーが中国内需市場の恩恵を受けたことは、日本メーカーが早期に不景気の苦境から抜け出したのとは異なる最も重要な原因であると考えられ、また、台湾と中国との両岸が調印したECFA(Economic Cooperation Framework Agreement、両岸経済協力枠組み協議)が一層勢いを付け、影響を拡大する効果を発揮したと見られています。2011年1月のECFA発効後、ポストECFAに向けての日台アライアンスが、産官学から一致して注目を集めています。中国の内需市場が持つ潜在力とECFAの相互交流効果に着眼することが、今後の台湾メーカーが発展する重要な戦略になり、また日本のメーカーと手を結んで共に新しい局面を創造する重要な契機でもあります。

　台湾工作機械の安定成長とは対称的に、日本の工作機械産業はそれほど幸運ではありませんでした。バブル経済の崩壊に遭遇しただけではなく、2007年に歴史的ピークを創出した後、金融危機の洗礼を受け、立ち上がれなくなってしまいました。日本では内需市場の萎縮が非常に深刻で、これまでたった4割程度回復したに過ぎません。日本には全世界が認める最良の製品と製造プロセス技術があるにもかかわらず、世界的に見た場合、日本の工作機械メーカーにとっての最大の問題は欧米等先進国のハイエンド市場が萎縮していることと新興工業国のミド

ル・ローエンド市場での激しい競争があることです。新興国での競争には2つの側面があります。1つはドイツやスイス、台湾、韓国との厳しい競争に直面していること、もう1つは新興工業国自身の奮起や急追にも直面していることです。2009年に中国が日本に代わって世界最大の工作機械生産国になったことが、その最も良い警告です。

　台湾工作機械の安定成長とは対称的に、日本の工作機械産業はそれほど幸運ではありませんでした。バブル経済の崩壊に遭遇しただけではなく、2007年に歴史的ピークを創出した後、一度の金融危機の洗礼を受け、立ち上がれなくなってしまいました。そこでは内需市場の萎縮が非常に深刻で、現在やっと4割程度まで回復したに過ぎません。日本には全世界が認める最良の製品と製造プロセス技術があるにもかかわらず、世界に見た場合、日本の工作機械メーカーにとっての最大の問題は欧米等先進国のハイエンド市場が萎縮していることと新興工業国のミドル・ローエンド市場での激しい競争があることです。新興国での競争には2つの側面があります。1つはドイツやスイス、台湾、韓国との厳しい競争に直面していること、もう1つは新興工業国自身の奮起や急追にも直面していることです。中国は2009年に日本に代わって世界最大の工作機械生産国になったことが、その最も良い警告です。

　従って、台湾と日本の工作機械メーカーにとって、アライアンスのマクロ的背景においては、過去に中国を舞台にした日台アライアンスとは遠くかけ離れています。**ECFAが地域経済統**

合の特質を反映し、現地で競争力を有す産業を育成して、両岸相互間に強い勢いのある相互補完を提供するという点において、その影響力は産業によって異なります。工作機械は公認の受恵企業ですが、国産化に対する要求も考慮に入れて、サンセット条項が制定されました。本文ではポストECFA時代の日台アライアンスの趨勢を分析することを目的として、以下の3つの部分に分けます。

- ECFAと日台アライアンスの関連を検証し、枠組みを分析・整理します。
- 工作機械産業にフォーカスを当てて、2000年代の日台工作機械産業の発展と苦境とを分析し、併せて2010～2011年の工作機械産業の動向とメーカーの事例について、更に掘り下げて検討します。
- 本研究が明らかにした事実について、結論と提案を整理します。

ECFAと日台の企業提携

一、ECFAが提供する日台提携の契機

台湾と中国はECFA調印を通じて両岸産業の提携をサポートし、両岸関係を有史以来の新しい世紀に突入しました。台湾国内のECFAに対する観点がその信頼関係や個別産業の現実によって異なる解釈をしているのと同じように、中国市場でのビジ

ネスチャンスを中心とする国際競争の観点に対して、関係諸国の解釈も大きく異なります。韓国メーカーの関心と恐れや日本メーカーの疑いから歓迎まで、十二分に強烈な反応を呈しています。両岸の新しい局面と日台提携の趨勢について、みずほ総合研究所の伊藤信吾氏はいち早く一次資料による深く掘り下げた分析を行った論文を提供しました。その論文においては日台企業の提携についての実務的な情報を提供しただけではなく、日台両方の学術研究において重要な基礎となる論文を提供したことで、卓越した貢献をしています。

　伊藤信吾氏は、ECFAと橋渡しプロジェクトがもたらす両岸の新しい局面により、日本に対して日台競合、日中競合と日台中垂直分業等の3種類の競合と協調関係を生み出すと指摘しました。第1類の日台競合は、両岸が提携する生産と販売或いは共通標準の制定により、日本が劣勢になるというものです。第2類の日中競合は、台湾がコストと技術の優勢を提供する役目を果たすため、それぞれに利害が発生します。第3類の日台中の垂直分業は、日本企業も恩恵を受けます。同時に、伊藤信吾氏は2つの角度から、台湾と日本は中国市場の需要に対応するため、総体的に第3類に傾き、強力な相互補完を内包しつつ或いは提携のスペースを具備することにより、ECFAは日台提携のサポートになると説明しています。

- 日台の中国に対する輸出は、非競合な構造になっています。2009年に日本、台湾、韓国が中国に輸出したトップ20品目に対して、統計品目のHS8桁コード分類で分析した結

果、トップ4品目の比率(ICプロセッサー並びにコントロー
ラー、パネル、ICメモリー、その他IC)は台湾が45.4％、
日本は11.5％しかなく、韓国の33.2％にも遠く及ばないこ
とが明らかになりました。また重複項目でも、日台間では
わずかに6品目で、台韓間の10品目に遠く及びませんでし
た。

- 台湾での製造の日本に対する波及効果は世界一です。産業
  関連係数の分析によると、台湾が1ユニットを生産した場
  合に、主要国に対する波及効果のトップ5は日本(0.086)、
  中国(0.056)、アメリカ(0.053)、韓国(0.033)、マレーシア
  (0.018)で、日本が世界で一位になっています。その原因
  を追究すると、日本メーカーは台湾での資本財と中間財の
  輸入占有率が非常に高いことがあげられます。伊藤信吾氏
  は、経済産業研究所の2008年データを引用して、日本は
  台湾最大の資本財、中間財の輸入国であり、資本財占有率
  は33.4％、中間財の加工品並びに部品の占有率はそれぞれ
  22.7％と25.8％であると指摘しました。

二、ポストECFA日台アライアンスの枠組みの分析

　伊藤信吾氏の苦労と功労とを集約した大作を検証してみる
と、ECFAが日本に対して脅威を与えるか否かを出発点にし
て、日本はどのように台湾での製品製造に参与して、中国の膨
大な内需市場を共有するかに焦点を当てています。しかし、
ECFAは台湾も日本の製品への製造の参与に有利になるか或い

は台湾はどのようにして日本製品を通じて中国市場に進出するかの目的となる部分については、述べられていません。

　工作機械を例に取ると、著者は2010年10月に開催された東京国際工作機械見本市(JIMTOF)に対する考察で、今回の機械展は台湾製工作機械の専用の展示エリアを設置しただけではなく、台湾からの出展メーカー数も歴史的な記録を作り、同時に最大の国外出展国にもなりました。このほか、作者の考察によると日本企業の展示ブースにおいて、中には、約10台の一部或いは全部が台湾製の工作機械を展示し、日本市場或いは中国市場を目標対象にしているブースも見られれました。展示会に参加した多くの人々が、2010年の東京JIMTOFの最大の特色は、過去の展示会が最先端の機械を誇示するのとは大きく異なり、実用的に意義のある性能価格比(コストパフォーマンス：cost performance)を強調しており、各会場でアピールするキーワードになっていると認識しました。そして台湾メーカーも日本のこの舞台を通じて、コストパフォーマンスを有し、競争力があるという国際的な知名度を向上させました。

　これらを基にして、私たちは中国市場に前進する双方向の枠組みを提案します。図1に示すようなポストECFA時代の日台工作機械アライアンス趨勢の枠組みの分析です。言い換えれば、物流の観点から2つのパターンが存在します。「日→台→中」のパターンは、日本企業の台湾拠点の拡充或いは新設で、日本の基幹技術と結びつき、中国市場での占有率を拡大する目的を達成します。これとは対称的に「台→日→中」のパターンは台湾企

業が日本拠点を新設する或いは日本企業のOEMを受ける方式であり、台湾のコスト優勢とを結びつけ、中国ハイエンド市場を共有する目的を達成します。

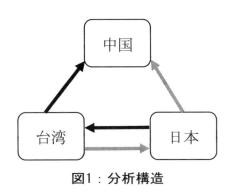

図1：分析構造

日台工作機械産業発展の最前線

一、2000年代の日台工作機械産業の発展と問題

● 台湾工作機械の発展と問題

台湾の工作機械は1960年代より香港や東南アジアへの輸出を開始しました。70年代末期からは、米国への輸出が急速成長して、1987年には日本とともに輸出自主規制VRAの対象国になり、世界から注目を受けました。90年代以降は、中国市場の力強い需要が台湾工作機械の成長をサポートする重要な原動力となり、2008年までの20年間余り成長を続けています。

日本やドイツ等の工作機械の先進製造国と比較して、台湾の

工作機械製品は高付加価値と信頼性ではまだ相当の距離があります。それでも、台湾の全世界の工作機械における位置付けは依然として向上を続け、毎年、全世界の工作機械輸出国の第4位の地位を確保し続けています。中国市場では、台湾は長期に渡り日本やドイツと並んでトップ3の工作機械供給国であるだけではなく、同時に中国で最多の生産ラインを有している生産拠点を持ち、現地で最多の国産工作機械を提供している外資でもあります。

　2000年代に台湾工作機械が成功し、発展したのは、主に製品構造のモジュール化と系列化に帰することが多く、これによって部品、ユニット産業が勃興し、発展してきました。台湾中部の工作機械産業の集積は世界的にその名が知られています。成熟した協力ネットワークを基礎として製品のモジュール化と系列化に力を注ぎ、台湾工作機械のコストパフォーマンスに極めて高い国際競争力を持たせました。この優位性は2000年以後、台湾工作機械メーカーの中国での製造拠点の設立に反映され、特に経済の規模効果を積極的に追求してきました。ボールネジ、主軸、工具マガジン、タレット、割出し装置、冷却システム、配電盤、伸縮保護カバー、切り粉搬送装置等の9大モジュール専業メーカーが成長して、工作機械組立工場と壮大な相互連携を形成しました。

　しかし、中国本土の工作機械の発展を検証した場合、台湾メーカーが特にしているのは開放性モジュール型製品を活用しているのがその主因です。言い換えれば、標準型のマシニングセ

ンターが中国工作機械の主力製品になり、これがまさに中国本土メーカーのCNC工作機械が急速に勃興してきたキーポイントなのです。台湾工作機械の産業集積が育んできた部品ユニットのモジュール化の優勢は、台湾工作機械が全てのメーカーと共同で成長してきたのと同時に、中国製品が台湾に追いつき追い越す影の功労者にもなったのです。2009年、中国は世界最大の工作機械生産国になり、伝統的な旋盤(非デジタル制御)と縦型マシニングセンターの分野では台湾メーカーの拠点が卓越した貢献をしています。

　最近、アジア経済研究所の水野順子研究員の研究が有力な証拠を提供しました。彼女は1台当たりの平均輸出価格を用いて、アジア4カ国の旋盤並びに縦型マシニングセンターの世界市場での構造を解析し、日本がいずれもトップにいることを発見しました。CNC旋盤では、韓台間の競争は非常に激しく、中国との格差はまだ非常に大きい状況です。非CNC旋盤は両岸の天下で、台湾は単価が高いものの数量は今までは非常に少なく、中国がこれらのほとんどを独占していながら価格は低いままです。縦型マシニングセンターでは台湾メーカーと結びつき、中国製の縦型マシニングセンターが製品レベルでの位置づけでは韓国を上回り、世界輸出市場で重要な地位を占めるようになりました。

　このデータはまた、台湾が今、非常に深刻な2つの問題に直面していることも示しています。1つがCNC旋盤はすでに韓国製に小幅ながら超越されていること。2つ目は縦型マシニング

センターで台湾製品は日本製と韓国製との間に介在しているものの、中国製が徐々に近づき同質性も次第に高くなってきていることです。言い換えれば、汎用機種で台湾はすでに中国のメーカーとの激しい競争に直面しているため、現有の製造での優勢を利用して日本メーカーと効果的な連合と分業を行うことが、引き続き中国市場での優位性を享受できる重要な戦略なのです。

● 日本工作機械の発展と問題

　台湾工作機械の安定成長と比較して、日本の工作機械は過去20年余りの間、1991〜1994年、1998〜2002年の2回、大きなリバウンドに遭遇しました。そして2007年には歴史的ピークを創り出し、生産高は1.6兆円に達し、内需市場も7,200億円でした。しかし金融危機によって引き起こされた3回目のリバウンドに遭遇した後、その回復力が大きく不足している感があります。日本工作機械工業会の速報情報は、2010年の生産高は金融危機前の6割程度(9,786億円)に回復したに過ぎず、そのうちの内需市場はわずかに4割程度(3,075億円)しか回復していないことを示しています。

　日本の自動車と電機・電子メーカーの生産が次々に海外シフトしていること及び日本工作機械の輸出市場と内需市場も各国の厳しい二重挑戦を受けていることを考慮すると、国内生産が2007年の歴史的盛況にまで回復することは不可能です。従って、今後10年に目を向けた日本工作機械業界は工作機械生産高

　を回復する鍵として、現有の能力を如何に活用して効果的に海外市場に進攻するか、特に新興市場への進攻を思考するようになりました。

　株式を上場し、特殊機種で世界をリードする小型工作機械を生産しているあるメーカーの社長は私の上述の意見に対して十分に賛同してくれました。この社長は、日本の国内市場は過去には会社売上の平均7割に達していたが、金融危機の後、4割にまで落ち込んでしまい、今、海外に出て行かなければ、日本で死ぬことになる。台湾中部の工作機械産業集積の優勢及び個別メーカーの活力は、投資対象としての第一選択だ。資源に制限がある下で台湾を経由して、中国市場に進出する近道を探りたい」と指摘しました。

　世界に目を向けると、日本工作機械メーカーの最大の問題は、欧米等先進国のハイエンド市場が萎縮していること及び新興工業国のミドル・ローエンド市場の厳しい競争が挙げられます。また、日本の工作機械メーカーは新興工業国でドイツやスイス、台湾、韓国との共食い競争に直面しているだけではなく、中国やインドの工作機械メーカーも次第に大きくなり、価格競争のプレッシャーは減少するどころか増加するばかりです。世界の産業界は、日本の工作機械メーカーは世界最良で最も多様化した製品技術を有しており、現場主導の生産並びに製造プロセス技術は当代随一無二と認めています。過去の内向的な封鎖戦略から全世界に目を向けた開放戦略への転換をどうやって調整するか、これが当面の最大の課題です。

　日本の大型工作機械メーカーの世界戦略は、比較的に明確です。アマダ、ソディック、ファナック、マザック、そしてオークマは早くからグローバル戦略を開始していたため、金融危機後も回復はかなり迅速で、海外生産もすでに功を奏しています。森精機は昨年にはドイツDMGとのアライアンスと株式交換をさらに強化しました。業績はまだそれほど上がっていませんが、すでに損益バランスの目標達成に効果を上げました。

　問題は、その他の100社を超え、その多くが極めて特色があると認められている中小の工作機械メーカーです。それらは自身の本領を持っているだけで、発揮する舞台は次第に小さくなっています。海外投資を試みた一部のメーカーもありましたが、絶対多数は成功しませんでした。OKKやJTEKTは上述の大型メーカーに次ぐ中堅メーカーと言えますが、中国投資の過程では辛酸を嘗めました。資源に制限がある中小メーカーにとっては言うまでもありません。中国市場に向かうことがはっきりしている以上、台湾に投資する或いは台湾メーカーとアライアンスを組むことが非常に重要な選択となっています。

● 中国市場に向かう

　2009年に中国は世界最大の工作機械生産国になりました。しかし、水野研究員の分析によれば、これらの数字には先進国が工作機械に列記していないような膨大な低価格機種が含まれています。縦型マシニングセンターを除き、国際市場で日本やドイツ、台湾、イタリア等の重要輸出国と直接競争するのは時期

尚早です。しかし、世界最大の工作機械市場として市場潜在力が依然大きい事実は誰も疑いようがありません。

　台湾の工業研究院IEKの分析によると、2010年、中国の工作機械市場は256.11億米ドルで、そのうちの約31％は輸入に頼り、輸入額は79.5億米ドルでした。大きな戦争、自然災害、金融危機がない情況であれば、2015年の市場規模は640億米ドルに達すると予測されています。仮に中国自身が積極的に工作機械を発展させた場合には、自給率は80％に達しますが、やはり128億米ドルは輸入に頼らなければなりません。この輸入量の数字に対して、現在、台湾は世界第4の輸出国ですが、2010年の輸出高は29.61億米ドルに過ぎませんでした。中国市場の魅力は言わずとも理解できます。

　中国市場を掘り起こしたのは日本と台湾が最も早く、最も豊富な成果を得ました。1990年代からの中国オートバイ産業から2000年代の自動車産業の勃興と発展までは、日本と台湾の工作機械の各メーカーにとってはいずれも最も重要な選択の時でした。2006年以後、ドイツの工作機械が積極的に参入し、中国自身の積極的な投資、外資拠点の現地生産の増加等で、日台の工作機械市場での占有率はいずれも大きな打撃を受けました。その中でも台湾が受けた影響は顕著でした。

　従って、どのように中国工作機械市場を維持或いは拡大するか、特にミドル・ハイエンド市場の占有率が台湾と日本の工作機械メーカーの一致した目標になっています。日本の工作機械メーカーにとって生産キャパシティがすでに飽和状態に近い台

湾の同業メーカーより、さらに切迫した問題です。

日台工作機械企業の提携と事例

　台湾の伝統的な電機・電子産業、自動車産業、食品産業と大きく違っているのは、過去に日本工作機械メーカーは台湾で独自資本或いは合資で生産拠点を設立した事例が非常に少なかったことです。1980年代まででは台湾瀧澤1社しかありませんでした。1997年に大同大隈(オークマ)が設立され、2008年にはJTEKTが崴立機電に株式投資して、これまで非常に少なかった台湾への投資のイメージを徐々に払拭し始めました。

　前述2000年代の日台工作機械の発展と苦境の分析では、日台工作機械メーカーの提携には重要な背景と脈絡があることを示しています。2010年のECFAは最後の一押しとなり、潜在する双方の競合関係を本格的な舞台にまで展開させました。前文で提出した枠組み分析を思考の主軸にして、著者が実際に第一線で接触した最近の動向について、4点に分けて整理したいと思います。

● 台湾拠点の拡大

　すでに設立された日台合資拠点には台湾瀧澤、大同大隈(OKUMA)、崴立機電(JTEKT)があり、最近はいずれも生産キャパシティを積極的に拡充して、日本グループ本部の重要な戦略発展拠点になっています。

（1）台湾瀧澤

　台湾瀧澤は1971年に設立されました。元々は日本の瀧澤鉄工所が100％出資したCNC旋盤のリーダー的メーカーです。1997年に当地の資本を52％投入してPCボード穴明け機を発展させ、台湾で発売しました。最も歴史のある日台合資拠点です。台湾瀧澤は3つの面で中国市場を強化しています、第1に日本瀧澤と台湾瀧澤が共同出資した上海欣瀧澤社が、中国ローエンド市場に攻め込みます。第2がポストECFAでは工作機械産業の景気が引き続き上向くことに鑑み、積極的に台湾第2工場を拡張建設します。予定では2011年上期に運営を開始し、中国ミドルエンド市場に対する輸出を強化します。第3としては、OEM方式で日本瀧澤のアジア戦略機種の推進をサポートして、中国に輸出するハイエンド機種のコストパフォーマンスを向上することです。

　この国際分業の枠組みの下で、台湾が引き続き重要な役割を果たします。例えば、台湾から中国に販売する数量は日本の約10倍です。製品のコストパフォーマンスと中国市場に対する理解が大きな2つの鍵です。事実、最近の東京工作機械見本市に出展した高品質の回転切削加工専用の2軸CNC旋盤はすでに台湾の製造資源を十分に活用していました。私たちの調査では、この戦略機種の機械部分は台湾から輸入し、日本の電気制御関連ユニットを組み込み、日本製として中国に輸出することで、コストを約20％低減できることがわかりました。

　（2）大同大隈

　大同大隈は1997年に、日本の工作機械大手オークマと大同公司が、大同の三峡工場工作機械センターを改組する方式によって51％対49％の合資で設立されました。大同大隈は中国市場の膨大な需要に対応するため、2011年に工場の拡張を完成させたばかりで、現在の月生産量は160台に達しており、過去に比べ約3割増加しました。台湾と中国の2拠点の量産型機種に日本オークマのハイエンド機種を結び付けて、中国市場の各レベルの需要に提供しているのが最大の特色です。台湾の工作機械産業には完璧な供給チェーンと集積の優勢があるため、高品質、高精度で低コストのCNC旋盤を十分に製造することができ、オークマのアジア市場開拓にとって最も重要なパートナーです。機種の特性と配置の完成度に基づいて、マザックや森精機の大手2社に比べて、オークマが今回の金融危機で受けた影響は、相対的に軽微でした。

　中国市場に対しては、現在日本のオークマと台湾拠点である大同大隈そして中国拠点の北一大隈とが機種別の分業を展開しています。両岸でECFAが起動して、両岸の優位性を享受できるのと同時に、オークマの海外拠点は全て日本自社製のコントローラーを採用し、ECFAの自社製の部品、ユニットの内製化には3〜5年の緩衝期が設定されているため、大同大隈はそれの対応策を迫られていると懸念を表明しました。

　（3）崴立機電（JTEKT）

崴立機電は2007年に関永昌氏が創設し、主に大型の門形フラ

イス盤製品を製造していました。2008年、工作機械と自動車部品やユニットを製造している日本JTEKTが国際分業で市場の需要を満足させ、コストパフォーマンスを向上させる必要を考慮して、崴立機電に40％出資し、縦型マシニングセンターFVシリーズの全ての開発並びに製造を崴立機電に委託しました。JTEKTの出資とODMは崴立機電に国際品質認証の取得と規模優勢のダブル効果をもたらしました。成立してからまだ4年目ですが、2010年の売上はすでに15億元を突破し、2011年には20億元以上になると予測しています。WELEとTOYODAのダブルブランド方式を採用し、JTEKTと手を組んで日本並びに中国市場に進攻しているのが成功した重要な背景です。崴立機電は最近、製品開発と製造フローのレベルを同時に強化し、2012年に中部サイエンスパーク后里基地へ移転した後は、台湾工作機械の列強と肩を並べたいと希望しています。

● 台湾拠点の新設

　2010年以来、日本工作機械メーカーの台湾視察、検討は途切れることがありません。倉敷機械やOM製作所は日本で株式上場している工作機械メーカーであり、いち早く台湾中部に生産拠点設立を決定したメーカーです。

　（1）OM製作所

　OM製作所は1949年に設立され、従業員367名を擁しています。主に汎用CNC旋盤と包装機械を生産している日本の中堅工作機械メーカーであり、株式を上場しています。2010年に発表

した第4次中期経営計画で海外事業と海外販売の規模拡大を積極的に推進することを決定しました。日本の内需市場の萎縮に効果的に対応することが、その最大理由です。

OM製作所は2010年7月に100％出資の台湾OM機械(TAIWAN OM CO., LTD.)を台湾台中市太平区に設立して、工作機械の製造と販売に従事しています。OM製作所の2010年度版第4次中期経営計画によると、台湾OM機械を設立した目的は、台湾OM機械が低価格の汎用縦型旋盤製造を受け持ち、海外市場を攻略し、日本拠点と機種の分業を行います。また、中国での販売規模を拡大することが含まれています。台湾の同業者も、OM製作所の汎用縦型旋盤の設計はシンプルであり、台座と鞍座が一体成形で上部にはカバーがありません。部品、ユニットは全数を台湾現地の業者から調達できると見られ、台湾OM機械は主軸の加工と組立に注力すればよく、品質は日本より高く、価格は却って3割安くなると指摘しています。

しかし2011年8月に台湾を視察した大森博・OM製作所工作機械事業部長は著者に、「台湾の会社は予定通り設立したが、初期は部材調達を中心とし、製造に従事するか否かは現在も評価中だ。台湾中部の工作機械産業の集積は非常に整っていて、価格も魅力的で拒む理由はない。しかし、OMの大型縦型旋盤は高単価の多種少量生産機種でしかもガイドレール等の核心技術も要求している。台湾の一般的な協力メーカーの核心技術とは異なる。現地でスムーズに生産し期待する優勢を取得できるか否か、いまだに評価中だ。製造の優勢だけでなく、台湾業者

の中国での販売ネットワークの方は優先的に考慮するに値する」と指摘しました。

　(2)倉敷機械

　倉敷機械株式会社は1947年に設立され、クラボウ・グループに属し、株式を上場している従業員約240名を擁す日本の中堅工作機械メーカーです。クラボウ・グループは2010年に「国内事業再構築と海外事業展開」の3年成長戦略を策定して、台湾に製造拠点を設立することを決めました。その内容を究明すると、両岸がECFAに調印した後の関税低減或いは免税特恵、円高趨勢は輸出に対して不利であり、中国等の新興市場の低価格機への需要とこれ適応するための調整等の3項目の背景が含まれます。

　台湾倉敷機械(KURAKI TAIWAN Co., Ltd.)は日本の倉敷機械が100％出資して、中部サイエンスパーク后里基地に設置されました。主な事業内容は、CNC中ぐりフライス盤等の工作機械の製造と販売で、2012年1月に量産化する予定です。倉敷機械は主力製品のCNC中ぐりフライス盤は世界一流の水準を有していますが、世界市場では価格競争のプレッシャーを受け、発展が制限されています。倉敷機械は生産する機種で日台分業を図り、台湾倉敷が将来演じるのは中国を中心にしたアジア地区に対する製造と販売を強化すること、そして2013年に台湾の生産比率は会社全体の30％以上になる見込みです。

- **台湾OEMの拡大**

　台湾の工作機械メーカーが日本のOEMを受けるのは、日本の持ち株会社である台湾瀧澤以外、過去にはあまりありませんでした。2000年以後、台湾の産業集積がもたらしたコスト的な優勢が次第に日本の注目を受けるようになり、戦略上でコスト低減或いは日本市場のコストパフォーマンス要求を満足させるため、日本からのOEMが増えてきた形跡があります。しかし、この種の情報は公開されず、たとえ東京国際工作機械見本市においても、少数の専門家以外には、日本業者の展示ブースでどれが台湾製の機種であるかを見分けることはできません。私個人の考察によると、長期に渡って日本の著名なメーカーからOEMを受け、しかも卓越した業績があるのは、準力機械と大光長栄の2社です。

（1）準力機械と黒田精工

　準力機械は1988年に設立し、従業員60名を擁す精密グラインダーのリーダー的メーカーの1つです。10年前から日本の黒田精工の平面グラインダーのOEM生産を引き受けました。私たちの考察にて、黒田精工の市場販売で非常に安定している手動精密成形型平面グラインダーの大部分を準力機械の生産に委託していることがわかりました。日本のこの類の製品は日本国内、アジア並びに米州で人気がありますが、日本ではコストが高すぎるため、すでに利益を失っていました。この製品を台湾の代理生産に委託した後、準力機械自身の需要とも結びついただけではなく、規模上の合理的な利潤もあり、日本の黒田精工

もあるべき販売利益が取得できるようになりました。さらに重要なのは、全ての製品群のブランドイメージが維持できたことです。準力機械と黒田精工が手を組んだことで、日本と台湾そしてユーザーとのトリプル・ウィンの局面がすでに確立されたことを明らかにしました。

　同時に、私たちは準力機械に対する研究の中で、最新発売した機種の中の多くが日本の高単価機種に取って代わっていることを発見しました。例えば鴻海科技(Foxconn)に提供しているタッピング・センターがその良い例です。日本の代理生産を受けて育まれた能力が、台湾で過去にそれほど重視されなかった特殊工作機械において発揮され始めたのです。

　（2）大光長栄と三洋機械

　大光長栄は1998年に成立されました。現在の鄭慶隆董事長と林倉助総経理は長年栄光機械に勤務し、彼らが所属する経営グループはグラインダー産業においてすでに40年以上の経験をつんでいます。大光長栄は現在大里工場、浙江工場とタイ工場があり、計165人(台湾人120人)の従業員を擁す、台湾最大のグラインダーのメーカーです。三洋機械と手を組み、日本人の顧問を招聘したことが、台湾のグラインダーの同業者との差別化、勝ち抜くことにつながった重要なキーポイントだと考えられています。

　三洋機械は1975年に茨城県つくば市に設立され、各種グラインダーの開発製造と販売を主要業務にしています。しかし、現在販売良好のセンタレス・グラインダーと円筒グラインダー

は、100％台湾製造です。センタレス・グラインダーを例にすると、砥石の幅は405㎜になっており、規格や性能では全て日本の水準に達しています。私たちは、三洋機械は早くから日本の大手顧客が要求する規格に従って大光長栄に開発製造を要請し、一定の業績があったことに気がつきました。さらに良好なソリューションを提供するため、総経理は絶えず日本のメーカーを訪問し、流暢な日本語を駆使して提携をさらに深めるため、日本の大手ユーザーである工作機械メーカーを退職した有田護氏の紹介を受け、大光長栄の常駐顧問に就任してもらいました。

　私たちはインタビューをする中で、有田護氏は元々シチズン機械に勤務していましたが、2008年に定年退職した後、招聘を受けて来台したことを知りました。有田護氏は、日本のグラインダー大手ユーザーが大光長栄の製品技術を改善するために、この仕事を紹介され、グラインダーとシチズンの自動旋盤とは直接競合関係がないため、喜んで来台することを同意したと述べています。この3年間余り、同氏は製品技術の上で大光長栄をサポートし、今年3月からは東海大学工学部経営工学科のトヨタ生産体系課程と提携して、製造プロセス技術の精進に尽力しています。

　これらの地に足が着いた努力は徐々に花を開き、実を結びつつあります。情報によれば、日本のキヤノン・グループに販売しただけでもすでに100台に達しているそうです。三洋機械のセンタレス・グラインダーはMicronや日進機械とともに名を

連ね、コストパフォーマンスは日本のユーザーの経営困難をも明らかに緩和しました。この事実は非常に明確で、日台の連携は、日台の提携メーカーがともに満足を得られるだけではなく、日本のエンドユーザーも直接その恩恵を受けています。

● 日本拠点の新設と活用

　台湾工作機械メーカーは2010年東京JIMTOFに積極的に出展して、日本に新しい台湾ブームを巻き起こしました。私たちは2つの事例で、台湾メーカーが日本の拠点を通してどのように日本の市場経営並びに自身の組織能力を強化してきたか、説明したいと思います。

　（1）高松友嘉株式会社

　2007年、日本の高松機械と台湾の友嘉実業が過去の提携に基づき、日本で合資により高松友嘉株式会社を設立しました。その重点は台湾友嘉実業グループの工作機械製品を販売することにあります。高松機械の販売ルートを通じて、友嘉実業グループの工作機械を世界で最も細かなことにまで厳しく詮索する日本市場で販売し、ユーザーの反応と高松の経験による判断により、友嘉実業の製品技術を向上させることが、友嘉実業グループの能力向上にとっては極めて意義があります。

　私たちは、高松友嘉は単に販売サービスだけを行っているのではないことに気がつきました。例えば、東京JIMTOFで展示した縦型マシニングセンターに高松友嘉は日本のユーザーの要求に従って友嘉現有の製品である材料の自動投入・排出とク

ランプの装置（APC）の設計を追加して、日本ユーザーのコストパフォーマンスと自身の付加価値とを向上させる目標を達成しました。台湾工作機械の特質に対する深い理解を強化するため、高松友嘉は次々にサービス人員を台湾に派遣してトレーニングを受けさせ、販売サービスの観点から友嘉実業グループの製品開発に対する意見をフィードバックさせています。

　（2）東台精機日本株式会社

　東台精機は1969年に、日本の技師吉井良三氏と台湾の地方財産家厳燦焜氏が設立しました。創始者の一人である日本人の考えの根源に基づき、日本企業の需要を理解しているため、東台精機は海外の日本企業市場の開拓で最も成功した企業です。2003年に株式を上場した後、出資の連結方式により、栄田精機、亜太菁英、譁泰精機にも投資して、マシニングセンター、縦型旋盤やリニアガイドの工作機械等の全製品を擁す工作機械製造のグループを形成しました。グループ内企業間の差別化並びに水平分業により効果的に目標市場を区別しているのが最大の特色であると言えます。

　東台精機は2011年1月に日本事務所を拡充して「東台精機日本株式会社」とし、従業員も10人に増やして、日本市場での経営を強化しています。東台精機日本株式会社の初代社長木村一弘氏は、「一流技術を有す日本の工作機械メーカーは経営視野の不足により倒産する可能性があるが、広い経営視野を持つ台湾の工作機械メーカーの技術の絶対値は決して低くない。東台精機日本法人を設立したのは世界で最も細かなことまでを厳しく

詮索するユーザーと切磋琢磨して、技術の絶対値を向上させるためである」と述べています。

　かつて日立精機の取締役兼生産本部長を務めた木村一弘氏は2004年に日立精機が破産した後、台湾の東台精機グループに身を投じました。前述の観点は身をもって感じた末の言葉でしょう。同氏はさらに、「台湾の工作機械メーカーは製造コストの競争能力、資金能力、そして中国市場に対する理解と開発能力を持っている。これらは全て日本メーカーが最も弱い点だ。しかし、日本企業の技術開発能力、生産管理能力、品質管理能力は依然として台湾をリードしている。東台精機グループの競争力を向上させる過程で日台間の強烈な相互補完をどのように活用するかが、積極的に思考すべきポイントだ」と述べました。

5点分析と解読

　以上、私たちは日台工作機械産業の発展と問題を検証して、日台間の新しい提携の背景としました。また、中国市場に進出する双方向の枠組みの中で、日本メーカーの台湾拠点の拡充と新設、台湾メーカーの日本からのOEM拡大の受容及び台湾メーカーによる日本拠点の新設に分けて、計9つの事例を分析しました。ここでは、分析枠組みのロジックに沿って5点に分けて討論を加えます。

● 台湾拠点活用で中国市場を共有

　両岸ECFAの起動は、「日→台→中」パターンを用います。即ち、日本のメーカーが台湾拠点の拡充並びに新設を通じて日本のメーカーが日本の核心技術を結び付け、中国市場での占有率を拡大する最も普遍的なパターンです。台湾瀧澤、大同大隈、巌立機電の3大拠点はいずれも倍々の工場拡張方式を採用し、積極的に両岸の新しい商機を掌握しようとしています。倉敷機械とOM製作所の日本での株式を上場している中小工作機械メーカーの台湾での工場設置及び本文で提起した絶え間なく続く検討と商談は、この風潮が始まったばかりであることを説明していて、引き続き発酵、熟成する可能性があります。

● 日本のOEMを受ける3つの発展方向

　本研究は準力機械と大光長栄の事例及び前述の台湾拠点と日本親会社のOEM或いはODM関係を整理して、台湾メーカー(日系拠点を含む)が日本の開発と製造委託を受けるのに、3種類の発展の方向性があることを発見しました。

　第1類は「台→日」型で、即ち台湾で生産し日本市場に販売するパターンです。これは大光長栄が最も代表的な事例です。この種の製品は日本メーカーを競合相手として、ハイエンド製品に属し、最も高い付加価値を有しています。

　第2類は「台→日→中」型で、即ち台湾が機械本体の部分を製造し、日本で核心の本体或いは部品を組み込んだ後に、日本製の機械として中国市場に投入するパターンです。複数の企業が

この種の戦略機種を模索していて、付加価値の高いハイエンド機種には有利ですが、ECFAの減税或いは免税規制の恩恵が受けられないため、今はまだ十分に普及していません。

　第3類が「台→中」型で、台湾で組み立てた後、直接中国市場に出荷するパターンです。このパターンはある部分では日本側が主導して中国に出荷する日本メーカーがあり、崴立機電のTOYODA機種がそれです。部分的には比較的ローエンド或いは伝統的な機種があります。ひいては日本ではすでに生産停止している機種もあり、ECFAのために復活しました。日本が復活させ、提供する全ての製品群にとって、新しい価値感に属します。

　全体的に言って、ECFAがもたらすOEM、ODM或いは部品、ユニットの相互活用は、今後の相互供給、「ミドルエンド製品の台湾出荷、ハイエンド製品の日本出荷」の新しい分業パターンに向かう可能性があり、手を組んでさらに中国市場を開拓することになります。

● 台湾拠点の能力向上をもたらす

　積極的に日本での拠点を設立した東台精機と高松友嘉及び前述の「台→日」型の大光長栄は、当初は直ちに利益があるとは思えませんでした。その理由は日本市場の製品の販売価格は高いものの、製品に対する要求も非常に高いためであり、これは正しく過去に少数の台湾メーカーが志半ばで帰ってきた原因でもあります。私たちはこの3社の事例に人を奮い立たせる現象が

あることを見い出しました。彼らは日本市場と技術を熟知している人材を擁し、エンドユーザーからのフィードバック情報を重視して、ユーザーの需要に符合する製品技術を積極的に学習しているため、近い将来台湾メーカーに全面的な能力の向上をもたらすでしょう。

● **日台の相互補完でトリプルウィン**

　日台メーカー間の相互補完は十分に明確になっています。中国市場に焦点を当てた場合、台湾の産業集積の優勢、メーカーが外部資源を活用する能力、中国市場に対する販売能力は全て日本が最も弱い部分です。従って、日本メーカーは台湾拠点の設立或いは台湾メーカーとのアライアンスに限らず、全く新しい市場チャンスと競争力とを探し出すことができ、技術基礎が厚い日本の上層管理人材にとっても台湾で生命力あふれる発展空間を見つけ出すことができます。

　同時に、9つの事例は全て日台工作機械メーカーの提携は日本メーカー、台湾メーカー(或いは台湾の日系拠点)とエンドユーザーとのトリプルウィンを創造できることを示しています。メーカーはユーザーからの認定及び日台提携で取得した予定外の利潤で存続と発展ができます。これらの契機をつかみ、比較的長い視野で国際提携や技術並びに人材の全方位育成に努力することそして製品技術と現場管理を根本から育成する企業のレベルアップこそが彼等の重要な挑戦です。

- **動態変化が現れる**

　ECFAは始まったばかりであり、両岸の国産率問題はサンセット条項の緩衝期間等の影響を受けており、日台工作機械のアライアンスには動きの変化が現れてはいますが、本文では全般的に掌握できませんでした。国産NCコントローラーが全く新しい発展機会を取得した外、ファナックの台湾での組み立ても必然的に行われるようになり、大同大隈もコントローラーの内製化が迫られていますが、多くの日本の特殊機種を製造する中小メーカーは全世界をリードするメーカーでもあり、台湾を選択する可能性があります。ひいてはアジア工作機械メーカーを中心とする合従連衡が局地的に発生する可能性もあり、これからも密接に観察していかなければなりません。

ECFAの趨勢並びにTAMA協会
の活動と実践

岡崎英人

（一般社団法人首都圏産業活性化協会事務局長）

─────── 内容のポイント ───────

│TAMA協会の背景と機能│

●

│会務は経産省と会費収入から資金援助│

●

│企業提携を重視│

●

│日台提携を積極的に推進│

●

│日台提携で中国大陸市場に進駐│

　最初に台湾企業の皆様に感謝申し上げます。日本の東北地方は3月11日に大地震に見舞われ、その後にも津波や放射線放射能漏れの問題が発生しました。3年前に知り合った台湾の友人たちは、私が所在している地方に災害はありませんでしたが、私たちの協会を通じて1万米ドルを被害を受けた地区に寄付してくださり、私たちは真に台湾の友人の皆様の非常な友誼を感じることができました。

TAMA協会の背景と機能

　私たちは、日本の中小企業、特に高い先端技術を有す中小企業に対して、彼らの技術能力を向上させるだけではなく、中小企業の技術能力を海外地区でも展開させることを支援しています。これこそTAMA協会の主な仕事です。TAMAとは何でしょうか？一つには私たちが所在する東京にある多摩(TAMA)地区を指しますが、もう一つには技術面で先進技術を有している地区という意味も含まれています。本日お話しするTAMA協会が提供する企業支援は、例えばどうやって研究開発支援を提供するか？どうやって海外展開に協力するか？そして、ECFA調印後に、どうやって台湾との交流を強化するか？です。

　まず最初にTAMA協会をご紹介申し上げます。TAMA協会は埼玉県の南西部、東京都の多摩地区、神奈川県の中央部の1都2県を跨る広域多摩地域(TAMA)にあります。この非常に広いTAMA地域には関東地域を結ぶ『背骨』として国道16号線が走

っています。この地区にはいくつかの特色があります。例えば多くの中小企業が自分の技術を擁してオリジナル・ブランド製品を生産していること、そして多くの企業が特殊な加工技術を保有することです。このほかに、大企業の研究部門が立地し、また多くの大学や研究機関も立地されています。大学は、この地域に約80数カ所あります。また、大企業の研究開発部門や商社等に務めていた人が定年退職後にこの地区に戻り、経験豊富な企業OBとなり、コンサルタント（コーディネータ）としての仕事を担う人が多数おります。

会務は経産省と会費の収入から資金援助

　私たちの活動費はどこから出ているのでしょうか？私たちは日本経済産業省の資金援助や会員企業や大学等から徴収した会費で組織運営を維持しています。私たちは、産学官金のネットワーク組織ですが、その組織の中心は高い技術力を持つ中小企業です。約300社余りの会員企業がいて、その会費は1年7万円です。また大学も41校が私たちの会員です。

　このほかにも、東京都、埼玉県、神奈川県の1都2県に跨る計43地方自治体も私たちの協会の活動に参加しています。私たちは地方銀行とも協力関係を作っています。従って、私たちは産官学を網羅し、さらには金融機関のネットーワークもあります。今年は協会が成立して14年目になります。5年を1つの段階として区切り、それを1つ1つ整理してお話したいと思います。

　最初の5年は、ネットワーク構築に当たりました。私たちはどこに学校や会社、技術があるかを理解しました。次の5年は、中小企業と学校の結びつき、或いは中小企業間で相互に提携することを促進させる期間でした。そして現在の3つ目の5年間は、私たちTAMAの活動をブランド化することを目指しております。モノづくり企業について、環境に配慮したものづくりを積極的に推進するとともに、海外地域との提携を活発に行う段階です。TAMA協会は単に私たちのこの地区の企業を支援するだけではなく、北は北海道から南は四国の企業にTAMA協会が所有する中小企業向けの支援サービスを提供しています。

　これらが私たちの戦略です。中小企業は日々困難な課題に直面しますが、最終目的は彼らの課題が克服できるよう、適切な支援をして、最終的には世界にマーケティングを行い、それを踏まえてものづくりを出来る企業にすることです。

企業提携を重視

　大企業の研究開発部門と私たちTAMA協会の中小企業が提携する状況について、私たちは中小企業の技術特徴をA4・1枚のPRレポートに集約して大企業に報告し、中小企業と大企業の技術提携を仲介しています。2010年は、中小企業127社、大型企業25社が参加した商談会で、計169回の面談を行いました。そのうち56社はすでに数回商談を進め、そのうちの幾つかは契約が成立しようとしています。

　また、私たちはこれまでに560社のPRレポートを作成しました。私たちは企業の技術を一言で整理し、その規格や技術を簡潔明瞭な方法で整理して、そのデータをネットワーク上に掲載しています。宣伝のほかに、その他の企業に核心技術を見つけやすくもしています。すでに掲載している企業データは、中国語バージョン140社、英語バージョン360社。これを活用して海外企業と提携した事例が幾つかあります。

　大手企業との提携の成功事例をご紹介しましょう。例えば、この事業を活用して、従業員わずか18名の会社が、複数の大手企業から指名を受けて、2005年に年商5億の会社が2010年には業績が約6倍に成長しました。2010年に売り上げが28億円に達したのです。

　次に、私たちTAMA協会の海外展開についてお話を申し上げます。私たちの海外展開は、2004年にイタリアとの交流から始まりました。台湾との交流は2008年からです。そして今年はアセアンでの海外展開を目指して、シンガポールと交流する予定です。

　TAMA協会の海外展開は特徴があります。①まず、海外にTAMA協会と同様の支援機関を探します。②次に、TAMA協会と海外の支援機関を繋ぐ現地のコンサルタントを探します。③さらに、そのコンサルタントを通じてTAMA企業と現地企業との仲介を提供します。

　私たちは、これらの事項を確実に実行できなければ、TAMA企業が海外市場開拓を成功させることができないと考えていま

す。ですから、ここではどうやって企業をサポートするか？が
キーポイントになります。例えば、海外企業との提携の仲介を
どのように効果的に行うか。そのためには、どうやって提携の
確度の高い企業を会談に呼び込むか、会談で契約が成立しそう
な企業をどのようにフォローをするか？これらを解決すること
が無ければ海外展開は上手く行かないと考え、海外の現地に拠
点を設置することを考えました。

　TAM協会には上海、台湾、韓国に拠点があり、台湾拠点は
つい最近オープニングセレモニーを開催したばかりで、日台商
務交流協進会内にあります。また、私たちは海外市場を開拓す
る時に、多くの研究会を開催しています。今年は東アジアビジ
ネス研究会、欧米ビジネス研究会、それからアセアンビジネス
研究会を開催しますが、私たちは事前に関連データを研究し、
海外のビジネス習慣を学習します。同時に知的財産権等の保護
及び資金回収不安等の解決方法情報も提供して、海外市場開拓
のリスク軽減に協力します。

日台提携を積極的に推進

　現在までの台湾との交流状況をお話しましょう。私たちの
過去の交流経過ですが、すでに東京で企業提携商談会を3回行
い、そして台湾の展示会に3回出展しました。歴史はまだ浅い
ですが、2010年に実施した企業提携商談会は、台湾とTAMA協
会とで生み出した新しい交流の機会でした。私たちは日台商務

交流協進会並びにその他の提携機構、例えば台湾の工業技術研究院、電機電子工業同業公会（ＴＥＥＭＡ）、交流協会台北事務所等との提携を強化して多くのセミナーを開催し、相互間の提携を仲介したいと考えています。また日本政府の中小企業海外販路開拓支援事業補助金も効果的に活用しています。

　2010年はセミナー開催、展示会出展を行い、2011年2月には台湾で大型の企業提携商談会を開催しました。日本から参加した企業は14社、台湾の企業は90社あり、計141件の商談がありました。台湾企業からの見積依頼は8件、日台共同技術開発や共同研究が4件、企業が継続強化する案件が計38件で、総計で50件あり、全体の仲介成功率は35％前後に達しました。そして私たちは提携契約調印ができるところまでフォローすること、これが最も重要な目的です。今回特別なのは台北のTAMA協会事務所がフォローを行うことです。私たちは台湾に事務所があり、当地の日台商務協進会と提携しています。台湾の事務所にいる固定の従業員は少ないですが、積極的に台湾と日本の間の交流に従事しています。

　今後の台湾での交流計画をすでに進めています。日台商務交流協進会、TAMA協会並びに交流協会台北事務所が協力して、TAMA協会の台湾事務所が今年10月に企業提携商談会を開催することを計画しています。私たちは台北世界貿易センタービル7階に事務所を設置して、積極的に台湾企業と交流する商品を展示しています。台湾企業の皆様には私たちの事務所にお越しいただき、その要求と希望する商品、技術の情報を日本の企業

に伝達して、その要求に応えていきます。そして日本企業を台湾での企業提携商談会に参加するように促していきたいと考えています。

日台提携で中国大陸市場に進駐

現在2つのチャンネルを日台アライアンスに提供して、中国大陸市場への進出ができます。台湾と日本の強みを向上させて、一つはTAMA協会の上海事務所を活用することを考えています。二つ目は、中国大陸市場で台湾企業の中国にある人脈を活用することです。このような方式を効果的に活用することで、台湾企業と日本企業が中国大陸進出へのアライアンスを強化することができます。そして日本企業も中国大陸市場を開拓します。

今までの日台アライアンスの2つの例を挙げて説明しましょう。

2月に台湾の工作機械メーカーと私たちの会員の超音波スピンドルメーカーが業務提携をしました。そしてECFAの流れに乗り、日本製加工機を採用した工作機械を中国に輸出することを計画しました。微細で高精度加工ができるマシニングセンターは中国での市場競争力が向上します。言い換えれば、台湾と日本企業の提携は、今後は台湾市場だけではないのです。つまり今後は台湾の工作機械は日本と共同で中国市場に進出することになるのです。

　もう1つは、日本の振動計メーカーです。この振動計はハンディタイプで、幅広い範囲の計測に簡単に使用できます。これまで機器の振動を計測する際、異なる機器には異なる計測器を使用しなければなりませんが、台湾の工作機械メーカーと日本の振動計メーカーが提携することで、そしてECFAにより台湾経由とすることで防護機能をさらに強化したマシニングセンターを中国に輸出することができます。

　この二つの事例を見ても分かるように、ECFAを通じて中国大陸市場で提携の機会が展開できます。また日台企業のアライアンスにより、中国市場で生産拠点が設置できるように、合資方式で中国大陸市場に進出することを希望します。

　最後に、今後の日台企業のアライアンスビジネスを中国市場に展開していくための結論を3点提案します。

- 2011年2月の日台商談会における商談案件のうち、日台アライアンスの実現性が比較的高い案件について、TAMA協会台湾事務所が拠点となり、台湾関係者の協力を受けながら、ビジネスが成功するように適切なフォローを行います。

- 特に、日台アライアンス案件のうち、ECFAを活用して中国展開する可能性が高い案件については、重点的な協力を行い、早期に成功事例を創出します。さらにその実行課程を詳細に分析して、次に続く企業のモデル事例とし、ベストプラクティス事例集に整理して、横方向の転換に活用します。

- すでに技術PRレポートを製作した企業(560社)のうち、ECFAの早期収穫リスト対象品目について、重点的に台湾交流事業への参加を呼びかけ、日台アライアンスビジネスを通じて、ECFAの流れに乗る可能性の高い案件を創造します。

日台企業のアライアンス及び
交流プラットフォームの構築

李富山
（日台商務交流協進会秘書長）

―――――― 内容のポイント ――――――

｜ECFA締結後、日台協力の契機が浮上｜

●

｜日台協力を強化すべき日本の中小企業｜

●

｜日台企業のＰＲとサービス運用を強化する｜

●

｜日台協力の構想と効能を促進する｜

●

｜効率的でサービス性のあるプラットフォームを構築｜

　現在中国経済が台頭し、アジア市場全体が形成されている。両岸の貿易政策が大幅に規制緩和された状況下で、台湾企業のグローバルな貿易での役割と実力は、各国から徐々に重視され始めている。一方で、日本は台湾にとって技術や投資の主な出所であったが、その国内市場は既に飽和状態となったため、海外に向けて発展していく必要がある。もし台湾企業のメリットを日本企業のブランド力と技術力に結び付け、アジア各国と共同で中国などの新興国家市場を開拓できれば、アジア企業の協力関係が更なるステップを上がり、共に繁栄と発展という新しい局面を迎えることができる。

　日台アライアンスでの中国市場への共同開拓は、一種の傾向となっている。日台企業のビジネス交流における問題を深く分析するためには、両国の企業が互いのビジネス背景を理解できるようなシステム化された窓口が必要である。特に双方の企業がビジネス活動（出展、貿易の商談、技術投資の訪問など）を行なった後に、もしマーケティング情報センター（交流プラットフォーム——中継点）を設置してフォローアップを続ければ、その効率を高めることができる。しかし、その後いかにして目的を達成できるかが、今後各界が共同で努力すべき点である。台湾政府が日本との交流強化に対してパートナーシップを構築する架け橋を作る計画について、どのようにして作るべきかを、私のここ数年の実務経験をもって皆さんにお話したいと思う。

　1984年に外貿協会（中華民国対外貿易発展協会、TAITRA）

に入ってから（東京、大阪の2箇所に駐在していた計16年も含
めて）、私は常に対日の貿易業務を担ってきた。今日までの26
年間、台湾企業の日本に対する「販売拡大と日台中小企業にお
ける経済協力の促進」などの業務について、今日行っているセ
ミナーまたは日台企業の商談会のようなサービスしか行なえて
いない。つまり媒介となるのみで、後日の指導サービスはまだ
行なえておらず、日台両国における企業ニーズを完全に満足で
きるものではなかった。現在私は第一線からは退いているもの
の、第二の人生でこの夢－交流プラットフォーム-中継点を構
築し、日台連盟の花を世界中で咲かせること－を必ず実現させ
たいと考えている。

ECFA締結後、日台協力の契機が浮上

2010年6月29日、台湾と中国はECFA（両岸経済協力枠組み
協議）を締結した。同年10月31日に台北松山空港～東京羽田
空港間のフライトが開始され、両国は日帰り圏となった。台湾
は既にアジア太平洋地域における貿易の中枢となり、多国籍企
業の投資と生産販売の協力を行なう上で最高の拠点となってい
る。中国市場を開拓したい日本企業（直接中国市場に進出する
リスクを減らしたい企業を含む）にとって、中国と日本の双方
の文化とビジネスの習慣に精通した台湾企業とアライアンスす
ることにより、中国市場を開拓し、日台中三国の企業により黄
金の三角関係を作り、三勝することができるのである。したが

って、ますます多くの日本企業がこのような経営スタイルによってその領域を拡大させている。

　よって、日本の中小企業経営者の理解と関心を更に高めるため、日台両国の中小企業が提携を成功させたスタイル以外に、日本の中小企業に対し直接日台提携に関する情報を提供する必要がある。そこで、台湾当局は台北にて「アジアビジネスセンター」を設立し、専門的な情報や行政的なサポートなど、多機能にわたるサービスを提供し、アジア各国の企業がアライアンスを推進することを全力で支援しており、重要な役割を担っている。

　台北の「アジアビジネスセンター」は企業の経営、財務管理コンサルティング、監査法人と協力し、法律、会計、税務の面からアドバイスや人脈紹介、製品、サービスの助成、技術協力など、媒介としてのサポートを提供している。特に人脈紹介については、信義区の101ビジネスエリアや世界貿易センターの展覧についての情報網を活用し、アジア企業が協力する上での新しいスタイルを盛り立てている。

　また、「アジアビジネスセンター」はアジア市場の統合に目を付け、オフィスの提供や販売ブースの常設、アジア企業の在台連絡事務所となるなどの機能以外に、各ビジネスのフォローアップ指導に力を入れている。民営の交流プラットフォーム「中継点—マーケティング情報センター」を構築し、日台企業のアライアンスの世界における開花、及び事業領域の拡大の実現に向けて取り組んでいる。

日台協力を強化すべき日本の中小企業

　現在、台湾と中国間のECFA締結、中国の「第十二次五ヵ年計画」、日本円の大幅高騰、東北地震から、実質台湾企業にとってはチャンス到来と言え、黄金の10年を活用すべきである。台湾に対する経済戦略の優位性、つまり台湾企業が中国などアジアの新興市場の開拓における最強のパートナーとなり得るのであり、日台協力がいかに有利であるかを日本の地方中小企業に伝える必要がある。前述のアライアンス例や学術分析は、全て大企業の分析であった。中小企業については、人材や財力などの問題から我々のサポートが必要であろうと考える。台湾企業が日本市場を開拓する際、もし日本語を解するなら、TAITRAなど公益機構のサポートは必要ないだろう。現状から言うと、台湾中小企業の研究開発と技術は格段に進歩しているが、言葉や文化の違いにより、商談会に参加したいと強く願っていても、能力とフォローアップ不足から取引が成立しない前例が多い。将来的に政府は架け橋計画を進め、日台企業に最高の利益をもたらすべきである。また、アジア全域の繁栄と発展のため協力し合い、我々は日台のパートナー関係をフォローアップするプラットフォームを迅速に構築するべきである。

　ECFAと「第十二次五ヵ年計画」成立後、中国の内需市場への追求、両岸関係の平和的発展は台湾企業にとって契機となる。日台関係に関しては、台湾には親日家や日本フリークがいることは有名であろう。貿易方面では、日本に対する貿易が

輸入超過であることは一向に改善されず、更に年々増加している。1994年にオープンした世界初の海上空港である大阪の関西国際空港は工事費が約150億米ドルだったが、現在台湾からの対日輸入は毎年約300億米ドルにのぼるため、毎年2基の関空を日本にプレゼントしていることになる。また、日台両国の交流については、2007年に日本製台湾新幹線の完成、5局の在台日本テレビ局、相互的な運転免許証の使用と90日間のノービザ措置やワーキングホリデービザの認可、2010年10月の台北松山—東京羽田空港間のフライト開始により日台間が日帰り生活圏となった等の背景がある。

　要するに、世界情勢の変化により中国は世界市場の中心となり、両岸貿易政策の規制も緩和され、台湾企業のチャンスを増加させている。台湾企業が中国での経営を成功させているが、中国投資を行なっているのは中小企業を主とした約10万社である。例えば入浴や理髪など、台湾企業が中国に与えた影響は他国の企業より深く、そして広範囲の及ぶ。台湾は中華圏市場のテストマーケットとなり得る。両国の貿易協力は長い歴史を経てますます強くなり、基礎は固まっており、信頼と友好関係が受け継がれていることこそ、日台企業のアライアンスが最良である由縁である。

日台企業のアライアンスＰＲとサービス運用を強化する

　日台間には正式な国交がないため、相互的な理解がスムーズには進まない。特に日本の中小企業は台湾を充分に理解していない。表面上では両国の貿易取引が盛んのように見える。日本から台湾を訪れる人は毎年約120万人であるが、重複している人数を差し引くと、多くても60万人しかいない。日本の1億2千万人という人口から言うと、毎年の訪問者はまだまだ少ないといえる。日本の中小企業は台湾をそれほど理解しておらず、実のところ台湾企業と日本企業のアライアンス成功例は少ない。また、台湾の学者が日本のブレーンになることも非常に少ない。日本の中小企業の多くが台湾を知らない。私は、これまで長期的に、中国進出のためには台湾を経由しなければならないことを日本企業に知らせることに尽力してきた。日本の言語や文化、習慣、コミュニケーション方法が非常に特殊であるほか、両国の公益機構は、専門性が不足しており、大きな魅力もないため、日台企業のニーズに応えることができていない。また、日本の政府機関とメディアのほとんどが、台湾に対して消極的である。

　しかし、日本は内需市場が縮小し、少子高齢化が進んでいるため、海外進出せざるを得ない状況にある。よって、日台両国は共同で自国の活性化を行なう必要があり、中小企業を指導するため、日台ビジネス交流推進委員会が2010年3月10に再

編成され、日本の中小企業をリードしてきた日本商工会議所とMOUを締結した。MOU締結には2つの理由がある。日本の中小企業のグローバル化は台湾より遅れており、例えば台湾の中小企業のICT(情報通信技術)活用は日本より進んでいる。日本は2010年を中小企業のグローバル化元年と定めた。台湾は既にアジア太平洋地区の中枢となっているため、台湾は日本企業とアライアンスを行なうチャンスである。両岸がECFAを締結せずとも、台湾ブランドが中国でも優勢であるとともに、経済的には中国は台湾に学び、尊敬する意向があり、中華系同士の親近感がある。いま、日本の中小企業の台湾活用の推進において、実務上、日本企業にとって信頼できる包括的なサービスとフォローアップのためのプラットフォームが不足している。

日台協力の構想と効能を促進する

　交流プラットフォームの「中継点」はどのように構築するのか？政府が主となって商工機関や民間企業を招いた民営の会社を設立し、日台企業アライアンスの統合プラットフォームを構築する―交流プラットフォーム「中継点―マーケティング情報センター」の役割を担うべきだと考える。しかし、「中継点」をもし公益機関が運営すれば、専門知識や魅力の不足などから、フォローアップ指導が難しいことが懸念される。よって、政府が主となって民間運営による統合プラットフォームを構築し、需要についての情報を集め、専門家チームを組んで媒介と

なって分析し、フォローアップ指導を提供することでアライアンスの成功率を高めていくべきである。同時に、全ての人が自分のニーズを構築し、このプラットフォームの媒介を通じてデータの収集と整理を行い、セミナーや説明会などの機能を持った、「中継点」が一つのネットワークとなる。戦略の理念を通じて、相互的につながり依存し合い、それぞれが必要なものに対しそれぞれが全力を尽くさなければ、ビジネスチャンスの仲介を促進することはできない。

　「アジアビジネスセンター」は将来的に日台の中小企業のビジネスパートナーシップを促進する役割を担い、日本の都道府県や市のレベルで台湾の連絡事務所を設置する。ビジネス仲介後、フォローアップする中継点については、架け橋を作る計画に組み込まれており、政府当局、組合・協会、企業が共同で行う。日台両国は運命共同体であり、両岸関係の発展に伴い、関係は日増しに重要になってくる。両国のアライアンスはビジネスチャンスと収穫を分かち合うだけではなく、両国の経済回復と成長、そして中国市場の健全化と発展にも貢献できる。

効率的でサービス性のあるプラットフォームを構築

　「アジアビジネスセンター」は、「友好的アジアと美しい世界」という目標を実現させるため、主に以下のサービスを行っている。

- 企業の要求に合わせてさまざまなビジネス支援を行なう。

- 企業にアジア各国の文化と習慣に合ったアドバイスや支援、現地の人材紹介を行なう。
- 企業の税務会計、法律、経営戦略の企画、金融投資などのカウンセリング、M＆A、マーケティング調査、宣伝広告などの支援を行なう。
- 信義区101ビジネスエリア及び世界貿易センターの展覧などの情報網を活用し、重要人物や関係会社との交流を支援する。
- 日本で定年退職や離職した各産業における経営マーケティングエンジニアを招き、エンジニアの人材バンクを作る。企業の需要により、国際市場の開拓方法に関する説明会やセミナー、技術指導などを行い、アジア企業の技術を向上させる。
- サンプルのディスプレイに、アジア企業の新技術や新製品、新サービスなどの新しい創意から生れた製品を並べ、ビジネスの情報を提供したりビジネスの媒介となる。人材バンク、協賛機関や企業などを通じて仲介支援を行なった後もフォローアップを行い、取引を円滑にする。
- アジア企業が長期的に継承者を育成できるよう、アジア各国の文化、言語、ビジネス習慣、技術などに関する講座を行い、アジアの若い世代がコミュニケーションする上での言語や文化などの障害を克服できるよう支援する。
- アジア各国の商工団体、研究開発機構などと、貿易、技術、共同研究開発などの交流を強め、アジア企業がビジネ

スチャンスをつかみ、積極的に生産販売の提携を進め、中
国や新興国家の市場を共同開拓することを全力で支援する。
- 「アジア貿易情報サービスネットワーク」を設置し、各国
の企業が応用できるよう、ビジネス状況や各国のビジネス
交流などの情報を伝える。
- アジア各国間における青少年の交流を強め、健全な世代交
代を進める。ワーキングホリデービザに合わせて、各国間
の技術や学術、文化的観光、長期滞在などの事業を展開さ
せ、互いの理解と協力を深める。

付録：

交流プラットフォームの「中継点」の構築（一）

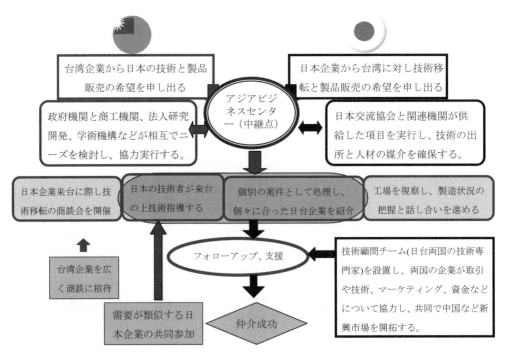

交流プラットフォームの「中継点」の構築（二）

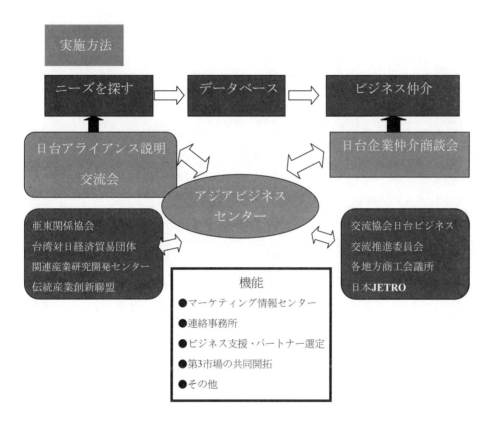

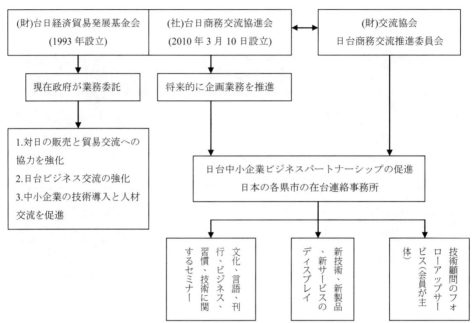

台日商務交流協進会のメカニズム

| (財)台日経済貿易発展基金会
(1993 年設立) | (社)台日商務交流協進会
(2010 年 3 月 10 日設立) | (財)交流協会
日台商務交流推進委員会 |

現在政府が業務委託

将来的に企画業務を推進

1.対日の販売と貿易交流への協力を強化
2.日台ビジネス交流の強化
3.中小企業の技術導入と人材交流を促進

日台中小企業ビジネスパートナーシップの促進
日本の各県市の在台連絡事務所

文化、言語、刊行、ビジネス、習慣、技術に関するセミナー

新技術、新製品、新サービスのディスプレイ

技術顧問のフォローアップサービス（会員が主体）

注記：

1. 日台商務交流進進会と日台経済貿易発展基金会は日台双方が対等に貿易を行なうために設置された機関であり、両国の中小企業のビジネス交流を主旨としている。

2. 台日商務交流協進会と（財）交流協会日台ビジネス交流推進委員会は、台日両国中小企業のビジネス交流の強化を主旨とする台日対等の常設経済貿易機構です。

編成：日台商務交流推進委員会　2010年3月10日

最近の日台アライアンス動向
～中堅・中小企業への
インプリケーション～

末永明
（日商瑞穂實業銀行台北支店支店長）

——————— 内容のポイント ———————

｜みずほグループが台湾での長い歴史の
　中で見てきた日台アライアンス｜

●

｜台湾企業と日本企業の高い補完関係｜

●

｜日台アライアンスの成功事例研究｜

●

｜日台アライアンスを成功に導く親和性｜

●

｜日台アライアンスの課題｜

　まず最初に、皆様にみずほグループについての紹介を行ない
たいと思います。

　我々みずほコーポレート銀行の前身は日本勧業銀行になり、
1959年には既に台北支店が設立されていました。台湾における
初めての外国銀行になります。日台間の貿易関係は非常に密接
なものがあり、当時の日本勧業銀行は台湾政府から外国為替業
務のライセンスを授権して業務を行なっていましたが、当時は
台湾銀行と私たち日本勧業銀行だけしか外国為替業務のライセ
ンスがなかったことからわかるように、みずほグループと台湾
との関係には非常に長い歴史があります。

　私たちのお客様は取引先数でこそ日本企業と台湾企業がそれ
ぞれ半分になっておりますが、取引ボリュームから見ると、台
湾のお客様との取引ボリュームが約65％と比較的多く、私たち
と台湾のお客様の間に非常に密接な取引があることがご理解頂
けると思います。

みずほグループが台湾での長い歴史の中で見てき た日台アライアンス

　2年前、支店設立50周年記念の際には日台間の関係をさらに
強化することに取り組みました。例えば日台アライアンスをテー
マにしてセミナーなどを開催したことが一例です。

　そして2010年1月には経済部様と、2010年12月には工業技術
研究院様とそれぞれ業務協力協定を結び、台湾の政府機関や研

究機関と共同して日台アライアンスを推進することに取組んで参りました。私たちには実務面で一定の経験を有しており、各機関と連携しながら金融面での役割を担い、日台アライアンスを発展させていくことができるのではないかと考えたからです。

　日本企業にとって日台アライアンスは有効な事業戦略です。多くの課題を抱えていた企業が日台アライアンスにより問題を解決し、成長しております。

　最近の日台間のアライアンスはどのようなものでしょうか？整理してお話しをしてみたいと思います。特に日本の中小企業は、現在どんな環境にあるのでしょうか？また、台湾との間のアライアンスの具体的な状況はどのようなものでしょうか？将来にどのような課題が考えられるのか？についてもお話したいと思います。

　日本企業にとって、アライアンスは検討しないといけないテーマになっています。これまでは一歩一歩着実に事を進めて行く戦略が好まれていた印象を受けますが、現在は先進国だけではなく、発展途上国との競争も非常に激しくなっています。このような現在の環境ではスピード感が求められ、一企業だけで迅速に変化に対応していくことは難しくなってきました。従って、日本と台湾のアライアンスは非常に効果的だと考えます。では何が有効なのでしょうか？どうして日本企業は日台アライアンスを行わなければならないのでしょうか？私は以下3つの要素があると思います。

- 親和性：双方が信頼関係を築きやすく、日台間では良好な信頼関係が生まれやすいこと。
- 補完関係：ビジネスにおいてウィンウィンの関係を形成しやすいこと。
- 成功率：「日台アライアンス」での対中国投資が高い生存率を示すよう、成功率が高くなると考えられること。

では、台湾企業と日本企業の強みはどこにあるでしょうか？

台湾企業と日本企業の高い補完関係

　日台間には多くの高い補完関係が認められます。経営力の面で言うと、台湾企業にはスピード感があり、政策決定が迅速です。また、台湾企業は効率的な生産、管理を備え、かつ資金力を擁しており、商売が非常に上手です。

　一方の日本企業には経営管理力があります。組織管理力、組織に対する高い忠誠心があり、品質管理を重視します。

　次に国際性です。台湾企業は中国やアジアで事業展開するノウハウと経験があり、また華僑の人脈も有しております。日本企業と比較すると、従業員の言語能力も高く、中国でのブランド力もあります。ビジネスセンスにおいては、ビジネスチャンスに対する感度が良く、迅速に変化に対応する適応力があり、またリスクを恐れずにチャレンジしていく逞しさがあります。日本は技術力とブランド力が高く、研究開発能力、品質管理能力に強みを有しております。ブランド信頼度は世界中で高く信

頼を受けています。

　高い補完性が有効に働いていることは統計データで見ることもできます。みずほグループのシンクタンク みずほ総合研究所の伊藤信吾上席主任研究員の調査によると、日台アライアンスにより中国市場に進出をした企業の方が、日本企業自身で進出したケースと比較すると生存率が高いと示されております。調査結果のデータでは、台湾企業と提携して中国市場に参入した企業の生存率が78％となっております。一方、日本企業が単独で参入或いは中国に企業と提携したケースでは、その生存率は68％です。その生存率の差は実に10ポイントの差があり、日台アライアンスが中国での投資における成功率を高くしていると考えられます。

　将来の日台アライアンスは新しい段階に向かわなければなりません。環境は常に変化しており、多様化しております。中小企業も益々グローバル市場に参入しています。

　この1年の一般報道の中で、新しい日台アライアンスはいくつ報道されたでしょうか？統計によると1年間で報道されたのは102件です。3日に1件程度の新しい日台アライアンスが生まれたことになり、業種も多岐に渡ります。この102件のうち、約半分は中国市場進出を目的としており、中国市場を見据えた日台アライアンスでした。業種は非常に広いことだけなく、その提携形態も合弁会社設立、事業提携、資本提携等、多様でした。

　では、日台アライアンスは何を目的として行なわれているの

でしょうか？

　第1に技術提携です。第2が販路拡大です。技術と販路拡大の2点から提携を行った日台アライアンスは、過去1年でもこのように多くの事例がありました。

　日本の中小企業は現在、どのような環境におかれているのでしょうか？縮小する日本国内市場にただ留まっているだけでは、成長は困難です。一方、アジアの市場は拡大しています。海外に目を向けることが必要になっているのではないでしょうか。

　但し、輸出で対応するにも円高の問題があります。また、日本のFTA戦略も他国と比較してみると、十分と言えるものではないかもしれません。何故なら、日本政府が外国とFTAを調印したのは日本の貿易量に対して16％程度に過ぎないからです。

　日本企業に対して、JBICがあるアンケートを行いました。例えば、インドや中国に進出する場合、何を困難だと感じているかです。中国に関しては、労働コスト、法制度、厳しい競争、知的財産権保護、各種規制に対しての課題が上位です。他国と比較すると、より多くの分野で、より多くの企業が課題として捉えていることに特色があります。

　中小企業の海外進出について申し上げると、勿論、海外進出を必要としない企業もあるのかもしれません。一方、海外進出を希望する中小企業でも、人材がいない、ノウハウがないと答える企業が多くあります。したがって、多くの日本企業が難しいと感じる中国市場に進出する際には台湾企業の力を借りてみ

ることが一つの選択肢になりうると考えられます。

　われわれは海外に進出する希望を持っていながら、自分達だけでは海外進出ができない企業に対して台湾企業との連携を考えてみるようアドバイスをしてきました。

　みずほコーポレート銀行台北支店は財団法人交流協会様からの委託を受けて、これまで主に中小企業を対象に16社に対して、「日台アライアンス成功事例」の研究を行ってきました。これまで述べてきたことは成功事例研究からも裏付けることができました。

日台アライアンスの成功事例研究

　日台アライアンス成功事例研究を通じ、我々は日本の中小企業は自社単独で海外進出を進めることは非常に困難であり、多くの日本企業がアライアンスを求めていることを感じることができました。多くの中小企業が友人、取引先、または日台経済貿易発展基金会様のような交流団体を通じて日台アライアンスを誕生させてきたことが分かりました。

　具体的な事例から申し上げると、ある台湾企業は競争力を向上させるため、自社の効率の良い生産設備に日本企業の高い技術を加えることで、効果的なアライアンスを行ないました。

　事例を通じて日台アライアンスの目的を良く理解することができました。まず台湾企業は日本の技術に対するニーズが高く、反対に日本企業は台湾企業のコスト改善力、海外マーケッ

トでの販売力を求めてアライアンスを行っておりました。

　次に、出会いのきっかけです。もともと商売上取引があった等の「取引関係」、「友人関係」、或いは「友人関係」からの紹介を通じて出会ったケースが多かったです。最近では、例えばTAMA協会様や我々のような金融機関が出会いの橋渡しの役割を担うケースが増えております。

　第3には、補完性です。日台アライアンス成功事例研究によると、日本の中小企業によっては台湾企業の効率的な生産と管理で、日本よりコストが30〜40％低減できたとしております。同時に技術力の基礎があるため、容易に日本側の技術を受け入れやすいと考えています。そして台湾側はコストダウン能力が強いため、計画を上回るペースでのコスト改善が可能で、現地で直接材料を購入する(現地調達)能力も強く、日系商社にも負けないスピードを持っているとの評価もありました。このほか、台湾企業は臨機応変に中国政府や現地企業に対応でき、また日本人の考え方や日本文化も理解でき、且つ、中国語、日本語、英語でコミュニケーションが図れる等言語上の優位性も併せ持っていると感じておりました。さらには、効率的に市場開拓や人材育成を行うことができ、他社との提携によって上手く自社の弱みを補いビジネスを進めて行くとの評価がありました。以上のように日本の中小企業は台湾企業の「経営力」、「国際性」、「ビジネスセンス」を高く評価しています。

　一方の台湾企業は、日本の従業員は会社に対する忠誠心が高く、忍耐力もあり勤勉、与えられた仕事はきっちりと行うと感

じておりました。また従業員の離職率が低いことから技術開発や技術承継がスムーズに行なわれるとの認識を持っていました。同時に納期を厳守し、品質及び技術に対する拘りがあり、スケジュール管理体制をしっかりとしていることから、全体的な工程管理や品質はヨーロッパ以上と感じている台湾企業もありました。また技術に裏打ちのない簡単な保証は行わないとのコメントもありました。日本の企業には長い歴史があり、業界の関連情報及びネットワークを擁しているとも感じています。従って、台湾企業は日本企業の「経営管理力」、「技術力」、「ブランド力」を高く評価していることになります。

　全体的に見ると、双方のメリット・デメリットが相互の強み、弱みを補完しており、高い相互補完性を有すウィンウィンの関係が形成されています。

　提携を始めたばかりの頃は、意見の食い違いが生じる会社もあったようですが、補完性・親和性があることから、お互いに理解し合えたとのことです。相互理解が深まってからは、新しいビジネスのために第三国へ連携して進出するような事例もありました。

日台アライアンスを成功に導く親和性

　日台アライアンスが上手く進む理由として、台湾と日本の間には文化面を始めとして多くの交流があり、両者の間に「親和性」が認められることが上げられます。この親和性により台

湾、日本双方は信頼を築きやすい関係にあると考えられます。これまでみてきたように台湾企業、日本企業はお互いの長所を良く理解しあっており、提携関係を進める中で重要となる信頼関係構築の土壌が備わっております。

　日台アライアンスは、これまで見てきた通り有効な戦略となりますが、特に中小企業にとって、「双方を結びつけるきっかけ」と「双方が出会った後のフォロー」をすることが、成功するためのキーポイントです。

　今後の日台アライアンスを考えてみたいと思います。

　日台アライアンスの流れは、戦略としては日本側の強み(ブランドと技術)と台湾側の強み(コスト管理能力、中国での事業基礎)を結びつけることですが、この戦略はすでに長く行なわれており、今後も引き続き有効なものだと考えられます。また近年では多くの業種、多くの企業で活用されており、中小企業の提携事例も徐々に増加していると感じます。例えば、電子業のOEM/ODMから食品製造業のOEM/ODMまで拡大しています。更にはECFAや両岸間での共通標準制定等の推進により両岸の経済交流を正常化させる政策に後押しされ、今後はこれらの動きを効果的に活用する日台アライアンス効果が期待できます。具体的には鉄鋼、医療、工作機械、ゲーム等のECFAアーリーハーベスト該当業種、及び両岸共通標準制定に関連する業種等があげられると思います。

　結論として、日台アライアンスを中国事業で発展させる場合、台湾企業の強みは低コストでの生産能力(OEM/ODM)、販

売チャネル、生産拠点と生産管理であり、また政府から認可を取得するノウハウ、さらに中国での経営知識や人材があげられます。また、中華圏の文化を熟知している点もあります。そして日本企業の強みは、商品ブランド力、新製品開発並びに研究開発能力、品質管理のノウハウ、及び生産技術があげられます。お互いの強み、弱みを上手く補完したアライアンスができれば、今後も日台アライアンスは有効な事業戦略となると考えます。また、台湾はECFAを通じて中国との交流を強化しており、両岸共通の標準化もあり、日台アライアンスは益々、有効な戦略となると考えられます。中小企業を含めて日本企業は海外進出の圧力が高まっております。これらの課題に対して日本企業は日台アライアンスを戦略の一つとして考える必要性が出てくるでしょう。

日台アライアンスの課題

　最後に、日台アライアンス拡大のための課題としては、日台間のビジネスをさらに多くの人に理解してもらうことがあげられます。

- 中国市場に進出する場合、日本企業の先入観である「中国でのアライアンスは中国企業と」という考え方に「日台アライアンス」の視点を加える必要があると思います。自ら進出すれば事足りるのではなく、台湾企業の人脈を通じることで、スムーズに中国での事業を立ち上げることができ

る可能性が広がります。

- 親和性の向上も必要です。日台ビジネスアライアンスには親和性が重要な要素になります。ビジネス面のみにとらわれず、これまで台湾と日本間で取組んできた文化面を含めた交流を引き続き拡大していく必要があると考えます。

- また出会いの場の提供と、その後のフォローが重要です。特に規模の小さい中堅中小企業では出会いの場を提供するものがきっちりとフォローすることが重要になります。

　以上は成功事例研究から分析した結果になります。私たちは中国や日本を始めとして多くネットワークを有しております。また、経済部様、工業技術研究院様の間ではすでにMOU(業務協力協定)が調印され、日台間でのビジネス強化に努めております。これからもみずほグループは台湾の皆様と日台間ビジネスを拡大すべく努力をしていきたいと考えております。

日台企業アライアンスの事例と展望

根橋玲子

（財団法人對日貿易投資交流促進協会對日投資顧問）

───── 内容のポイント ─────

│日本中小企業の国際化戦略と日台アライアンス│

・

│日本拠点を軸にした日台企業のアライアンス│

・

│台湾の起業家精神と日台アライアンスがビジネスチャンスを
生む│

・

│日台アライアンスの光と影（日台企業連携の事例）│

・

│ポストECFAにおける日台企業アライアンスの展望│

　私は10年前にジェトロ（JETRO）の貿易アドバイザー試験に合格し、その後一貫して日本中小企業の国際化支援を行っております。本議題にある、台湾企業と日本企業とのアライアンスについては、財団法人交流協会東京本部に在籍中から調査研究を行ってまいりました。現在は、財団法人対日貿易交流促進協会（ミプロ）で、台湾企業をはじめとした外資系企業の対日投資貿易支援の仕事をしており、昨年は、中小企業の国際化とアジア企業とのアライアンスの可能性についての調査を行ったところです。本日はこれまで私が交流協会とミプロで調査を行った中から、日台アライアンス企業の興味深い事例をいくつかお示しした上で、今後の日台アライアンスの可能性について考えてみたいと思います。

　2010年の中小企業白書によれば、日本市場は今後、少子高齢化により縮小傾向となる一方で、アジア市場および新興国市場は著しく成長しており、意識的に海外の成長機会を取り込むことができれば、日本中小企業が成長しイノベーションを行える可能性が高いと述べています。また輸出や対外直接投資を行っている中小企業は、行っていない中小企業よりも労働生産性が高いという結果も出ています。

　日本中小企業はグローバル化の過程で、情報や人材、資金等の様々な課題に直面しますが、これらの課題を解決するために、昨年ミプロでは、アジア企業とのアライアンス事例を広く皆様に知って頂き、また国や地方自治体がどのような支援が可能かどうかを検討することを目的に、一つの報告書を取り纏め

ました。この調査では、現在成長を続けている日本の中小企業は、まさに成長過程において、アジアを中心としたグローバルな成長機会を巧みに取り込んでいることが分かりました。

日本中小企業の国際化戦略と日台アライアンス

　近年、日本の中小企業は海外販路の拡大及び海外市場に適した補完的な技術力を獲得するため、外国企業との業務提携やM&A等を行う事例が増えています。日本企業のM&Aは2008年には、前年比で件数は減少したものの、金額は横ばいで、安定的に推移しています。外資系企業による日本企業のM&A(out-in)は2007年に大幅に増加しており、特に2008年には、日本企業による外国企業のM&A(in-out)は金額ベースで前年比約2.6倍に増加しています。今後、国際アライアンスの観点からも、M&Aの趨勢は注目しうる事項だと考えております。

　昨年度ミプロでは、国際化に対応している日本の中小企業計30社に対してヒアリングを行いました。その結果、日本の国内や海外とのアライアンスに結びつく多くの事例があることが分かりました。我々は、日本中小企業のグローバル化のあり様を、以下の4つのパターンに分類し、分析を行いました。これらの企業は外資系企業とのアライアンスを、国際化における重要な選択肢の1つとして捕らえており、ヒアリングを行った30社のうち、台湾企業とのアライアンスが10社近くあったことは特筆すべきことです。

　第1のパターン：独自資本により積極的に海外投資を展開す
　　　　　　　　　る企業。
　第2のパターン：単独で海外投資を行うのは困難であるた
　　　　　　　　　め、外資企業との事業提携或いは合弁、
　　　　　　　　　M&A等で海外投資行う企業。
　第3のパターン：単独の海外投資が困難、或いは意識的に
　　　　　　　　　FDIを避けるために直接海外投資は行わ
　　　　　　　　　ず、海外展開は外資系企業との販売提携或
　　　　　　　　　いは技術提携等を活用する企業。
　第4のパターン：戦略的に外資を導入する企業(人材、資金等
　　　　　　　　　経営資源が不足している、或いは後継者が
　　　　　　　　　なく、事業継承問題が存在している企業)。

　今回はこの調査の中から、台湾企業とのアライアンスによっ
てグローバル化を果たした日本企業の事例をご紹介します。

　第1パターンは日本の大手・中堅企業に多く、最初の事例と
して、アルバック九州（福岡）を挙げたいと思います。アルバ
ック九州株式会社はFPD、半導体製造用真空装置機器を生産し
ており、アルバックグループ(本社：神奈川県)の傘下にありま
すが、独立採算制で経営を行っています。アルバック九州のマ
ザー工場は鹿児島にありますが、元々マザー工場で製造してい
た製品のうち、汎用品、大量生産品を、大口顧客である奇美実
業の所在地である台南サイエンスパークで製造するため、台南
に投資を行いました。アルバック九州が50％を出資し、残りを

その他アルバック(神奈川本社、台湾アルバックを含む)グループが出資している100％独自資本の工場です。当初から台湾の顧客需要が旺盛であったため、台南サイエンスパークに工場を設置してから1年足らずの2007年12月決算で、早くも利益が計上されています。

　第2の事例は平田機工(熊本)です。平田機工株式会社は生産エンジニアリング会社で、FPD関連の製造機器及び部品製造を主力としています。台湾への製品供給先としては、主に友達光電（AUO）に供給を行っています。同社は、1999年より中国、タイ、アメリカ、メキシコ、台湾に次々と独自資本の子会社を設立しました。同社製造拠点は日本に置いていますが、顧客密着型サービスを行うために、全世界に販売拠点を設立しています。その結果、市場環境が極めて厳しかった2005年度、2006年度でも過去最高の売上を達成し、創業60周年の2006年にはジャスダック上場を果たしました。

　日本企業が台湾投資を行う主な理由として、一般的に台湾政府が多くの優遇施策を有しており、その資源を活用できることが挙げられます。しかしながら、実際に日本企業に話を伺ってみると、進出の理由として、優遇施策に牽引されたというよりも、台湾にいる顧客の要求に応じての進出というケースが圧倒的に多いと言えます。これを踏まえて、日本企業の台湾投資のメリットを、以下の通り挙げておきます。

- 政府によるワンストップサービス：水、電気など基本的なインフラ整備はもとより、台湾企業とのマッチング機会な

　　ども政府が提供

- 外資系に対する優遇施策：税金の減免措置(5年間の法人税
  免税等)、補助金等
- 世界有数の産業クラスターの存在：完成品メーカー、部品
  メーカー、加工工場等の集積(新竹、台中、台南地区等)、
  理工系大学が質の高いエンジニアを継続的に供給
- 中小企業としては、顧客である台湾企業に近いことが一番
  のメリット
- 大企業は、台湾企業とのアライアンス強化により、規模の
  経済獲得及び業務の相互補完等を行うことで、グローバル
  シェアの更なる拡大を狙う

　第2のパターンは、現地のメーカーと提携して共同投資を行
う事例です。第1の事例としてニットー(長野)を挙げたいと思
います。株式会社ニットーは、超精密平面研磨加工、液晶パネ
ルのガラス基板製造及び販売を行う企業です。明治創業の同社
は、生糸製造から始まり、戦後には電子部品製造に従事、1946
年には、東芝や富士通等の協力メーカーとなりました。台湾へ
は独資進出を考え、1996年に台湾市場調査を行いましたが、一
旦断念することとなりました。その後、奇美実業の会長からの
強い要請により、2000年に奇美電子(股)有限公司との合弁で、
国際日東科技(股)有限公司を設立して、台南サイエンスパー
クでの合弁事業が開始しました。台湾工場は、2002年に12名
からスタートしましたが、2008年には350人の従業員を擁する

会社に成長しました(2008年度の日本本社従業員は450人)。また、2008年には台湾で自社ビルも完成し、同時に日本国内でも本社第1工場を増設して、国内外事業ともに成長しています。

　第2の事例は日新リフラテック（山口）です。日新リフラテック株式会社はるつぼの生産販売を行う企業であり、20年来、海外への販売は全て台湾企業を通しています。台湾、中国、アセアン各国への販売は全て台湾企業が責任を負い、全て円建てのL/C一覧払にて取引を行っています。基本的に、全て国内工場渡しで決済しているため、日本国内の取引と全く変わりなく、同社としては海外取引にありがちな大きなリスクは全くありません。2006年にタイへ投資しましたが、タイ工場はプラチンブリ工業団地内にあり、提携先の台湾企業の敷地に隣接しています。タイ工場の位置づけは一部小型品の生産と現地日系企業への販売拠点で、タイ現地企業への販売は、投資前同様台湾企業が行っています。2005年7月に工場が立ち上がり、2006年下期には前年比5倍の売上を達成しました。2008年に独立子会社「Siam Casting Parts Nissin Co., Ltd.」を設立、操業を開始しています。

　第3のパターンは直接海外投資を行わず、アライアンスを通じて製造や販路開拓など海外展開を行うものです。第1の事例として、K社(埼玉)を挙げます。K社は半導体部品、半導体レーザー、水晶振動子、自動車用電子製品、携帯電話等の精密金属部品を生産しています。「日本伝承の製造技術」をコンセプトに、技術開発企業として「不可能に挑戦」を社是としています。

プレス成形の金型は全て自社製で、メッキ加工も自社内で行い、一貫生産(金型設計、製作→プレス→メッキ→検査)が強みとなっています。2006年度の輸出比率は40％で、2008年度に50％、2010年度には60％まで増加しており、中国、台湾、タイ、シンガポールが主な輸出先です。上海事務所は販売拠点であり、現在のところ中国で生産拠点を設立する計画はありません。競合相手の日系企業はすでに中国に投資していますが、品質面ではK社が有利であるようです。中国現地企業との直接取引を行わず、20年以上取引のある台湾企業経由で販売を行っています。

日本拠点を軸にした日台企業アライアンス

　第2の事例として、I社(埼玉)が挙げられます。I社は、「将来日本に残る産業」は生産立ち上げ、生産設備、サービスパーツであると考え、金型を使用せずベンディングとパンチでコストを抑える生産方式で、金型使用の加工と同品質での製造を行う技術を開発しました。I社は、最新鋭のレーザーパンチ複合機とベンディングマシーンを導入し、金型によるプレス加工や切削機で加工していた部品生産を、パンチやベンディングを主体とした板金加工に切り替えました。2003年と2006年の売上を比較すると、3億3800万円から13億8000万円に増え、4年間で約4倍成長しています。従業員1人当たりの売上高は、1億2500万円となっています。加工コストは従来の3分の2から3分の1

に低減した上、金型保管や在庫管理の必要もなくなりました。2008年に海外展開を考える中で、台湾企業とのアライアンスを検討し、TAMA協会に相談。その後、TAMA協会とミプロが開催した商談会に参加し、台湾の提携先企業を発掘しました。現在、台湾市場と中国市場の顧客へのサービスを念頭に置き、積極的に台湾企業との提携を進めています。今後も日本を軸にした展開を考えており、海外への技術移転や海外投資は考えていません。

　第4のパターンは、戦略的に外資を導入する企業で、主にM&Aを受け入れて成功した事例として、アルデート(福岡)が挙げられます。アルデート株式会社はLSIテストのベンチャー企業であり、優秀な技術と将来性を併せ持っていたことから、設立当初から高い評価を受けていました。しかし、まもなく経営上の課題に直面し日本企業とのM&Aを模索しましたが、結果的に条件が合わずに断念しました。そこでアルデートの創始者である久池井社長は、個人的に親しくしていた台湾京元電子役員の菅野氏に相談を持ち掛けました。菅野氏は台湾本社と条件交渉を行い、その結果アルデートの希望がほぼ全面的に受け入れられる形で、2006年12月に資本提携しました。経営陣交代から3ヶ月で、創業以来の赤字が月次ベースで黒字に転じました。この期間、人員削減や設備縮小は一切行わず、2007年6月には従業員が40名に増加したことで、当地に新たな就業機会を生み出しています。これは台湾と日本の人と人との良好な信頼関係をベースにして、アライアンスが成功した事例と言えま

す。

　第2の事例としては明電通信工業(山形)が挙げられます。株式会社明電舎子会社にあたる水晶デバイスメーカーの明電通信工業は、2000年4月に台湾の希華晶体科技により買収されましたが、実は、長期的なアライアンス関係にある株式会社明電舎の依頼により、不採算事業の水晶事業を引き受ける形で、日本法人のシワードテクノロジー株式会社を設立したという経緯がありました。現在は水晶振動子、水晶発振器等の高精度品について設計開発、製造、販売を行っていますが、経営体制が変わってからは、粗利率29％と言う同業他社とは比較にならない高い利益率を達成しています。2001年には、日本シワードテクノロジーの子会社として中国無錫に希華科技(無錫)有限公司が設立され、日系企業向け製品の製造販売を行っています。

　台湾から日本へのM＆A案件は、長期的アライアンス関係のある日本企業の求めに応じる形で、台湾企業がM＆Aを行う場合が多く、このようなケースとしては、以下の事例もあります。

- 友達光電(AUO)が富士通ディスプレイテクノロジー液晶パネル事業に資本参加（2003年）。
- 中国鋼鉄(CSC)と東アジア連合鋼鉄による鉄鋼半製品事業での日本合弁会社設立（2003年）。
- 金豊機器が金属加工機製造の住倉工業に対しM＆Aによる事業取得(2004年)。
- 日月光半導体(ASE)によるNECエレクトロニクス半導体後

　工程部門の工場買収（2004年）。

- 長春人造樹脂(CCP)による住友化学半導体封止剤用エポキシ樹脂部門の買収（2004年）。
- 東元電機(TECO)と安川電機のエンジニアリング部門での合弁会社設立（2005年）。
- 広達電脳(クォンタ)による三洋電機TV事業資本参加（2006年）。
- 友達光電(AUO)が、会社清算手続き中のベンチャー企業エフ・イー・テクノロジーズ(FET)から、開発中の薄型ディスプレイ「電界放出型ディスプレイ(FED)技術資産を買収（2010年）。

　以上のM&A事例は日本企業には救済的M&Aとして好意的に捉えられており、台湾企業にとっては、自社内により高度な技術やノウハウを蓄積するための投資と認識され、お互いがウィンウィンとなる良い事例であると言えます。

　日本の中小企業はグローバル競争力強化と海外市場獲得のため、今後は、日本拠点を軸にした以上に挙げた日台アライアンスを視野に入れ、グローバル展開を進めていくことになるでしょう。

台湾の起業家精神と日台アライアンスがビジネスチャンスを生む

　外国企業の台湾投資については、金額ベースで語られることが多く、アメリカからの投資が最も多いという認識が一般的だと思います。しかし、件数ベースでは、日本の対台湾投資は、年度によってはアメリカを上回っています。それは、日本企業が、米国企業のように大型投資を一度に行うのではなく、一つの企業に対し、様々な段階でそれぞれ異なる技術を移転・ライセンスしていることも関係があります。前項にて、日本企業が台湾で生産を行うメリットとして、台湾に世界有数の産業クラスターや生産ネットワークがあることを指摘しましたが、これら台湾の生産ネットワークにおいて、日本企業とのアライアンスが重要な加工技術の習得機会の一つになっていることが、これまでの台湾企業へのヒアリングの中で伺うことができました。ある台湾の事業家によれば、技術の定着や汎用化には数多くの「経験」が必要ですが、日本企業とのアライアンスはその「経験」を積むための、格好の「機会」であるようです。

　台湾の産業クラスターの発展過程で、工業技術研究院の機能及び外国からの技術導入はいずれも重要な役割を果たしたことは、一般的に言われているところです。過去の先行研究によれば、特に1990年代以降、台湾経済発展は、産学官研による、政府の強力なサポートにより、工業技術研究院(ITRI)ほか研究機関や企業などへの欧米からの技術移転等が行われ、ITRIの優秀

な研究者のスピンオフによる技術ベンチャー企業の創出が行われました。現在は、これら台湾企業はグローバル企業に成長しています。

　私は台湾の産業クラスターの発展と日台アライアンスの関係を研究していますが、欧米から先端技術を導入しただけでは、表面的な技術移転はできても生産技術の習得は一朝一夕には難しいと考えました。そして、もし台湾に当時既に製造技術や加工技術を使用する基礎的な土壌がなければ、台湾の産業クラスターのここまでの発展はなかったと仮説を立てました。前述の通り、技術の定着や汎用化には多くの経験が必要であり、日本企業とのアライアンスはそのための格好のチャンスであると台湾の経営者が認識していることから、日本からの技術移転（ハード）と継続的取引の中での様々な「経験」（ソフト）の積み重ねにより、日本から「ものづくりの土壌と文化」が、段階的かつ継続的に輸出されたことが、台湾企業が、日本の生産加工の技術習得を効果的に行えた理由の一つであると推測しました。戦前戦後に亘る密接な日台経済関係をベースに、台湾の経済発展過程における産業クラスターやその他輸出加工区等で、これまで日台アライアンスがどのように行われ、台湾の産業発展にどう寄与して来たのかについて、私は高い関心を持っています。

　もちろん、「企業家精神が旺盛な技術者」という「ヒト」の要素が、台湾のハイテク・クラスター発展に大きな役割を担ってきたことは動かしがたい事実です。台湾の奇跡的な経済発展

の理由としては、台湾企業の次の３つの特性、(1)高いリスク
ヘッジ能力および経営管理能力、(2)旺盛な起業家精神、(3)グ
ローバル化への素早い順応性や多文化への対応能力、が挙げら
れると考えます。しかしながら、一方でまた、「起業家精神が
旺盛な技術者」は、日台企業アライアンスの場合にも重要であ
りさらに研究が必要な分野でもあります。台湾でベンチャー創
出が起きやすい背景には、３つの要素があると思います。第1
に政府に頼らない自主自立の企業家精神の存在、第2に台湾と
他国の国際関係が脆弱であるが故の経済的安定への渇望、そし
て第3として、台湾はこれまで多様な人種や文化と共存した歴
史があり、そのため多様な価値観に対する順応性があることで
す。台湾人経営者が有するこのような起業家精神は、日台アラ
イアンスを行う日本人経営者はもとより、日本の研究者や技術
者にも良い影響を与えてくれるでしょう。

　このように台湾の起業家精神と日台アライアンスのリンケー
ジは、日台双方に新たなビジネスチャンスを生む可能性が高
く、特に以下の3つが重要であると考えます。

- 日本で事業化困難な基礎技術を、日本と同質のものづくり
の「土壌」及び「文化」を持ち、既に起業風土が醸成されて
いる台湾の地に移転し、日台双方の研究者や技術者の共同
研究や共同開発を通じて技術の実用化及び事業化を達成す
る。

- イノベーション機能を持つ産業クラスター及びインキュベ
ーションセンターを効果的に活用して、日本と台湾双方で

協力し、グローバルなベンチャー企業を育てる。

- 日台企業及び研究者の活発な交流を通じて、新しいビジネス分野を開拓する。また双方にビジネスチャンスをもたらすような、ハイテクベンチャー企業を政府の支援により創出する。

日台アライアンスの光と影（日台企業アライアンスの事例より）

　前項で述べた、台湾の起業家精神と日台アライアンスのリンケージによりグローバル展開が可能となった事例として、2つのケースを挙げて説明したいと思います。このリンケージの成功事例としては六和機械とトヨタグループのケース、リンケージが上手く機能しなかった事例として重光産業(味千ラーメン)のケースを見てみましょう。

1. トヨタグループと六和機械

　最初に台湾の六和機械について概要を紹介します。六和機械(股)は台湾中壢を拠点として、1971年6月16日に設立された企業です。現在、同社資本金は 17億台湾ドル(約50億円)、従業員は約1,315名です。六和機械はトヨタグループとの長い年月をかけて日台アライアンス関係を培ってきましたが、現在は中国昆山等18カ所に日台合弁で、トヨタグループの部品工場及び台湾の自動車部品工場を有しています。

　六和機械の歴史は、まさにトヨタグループとの連携の歩みであるとも言えます。同社は1948年に、中国山東省六和紡織として、台湾中壢市で設立されました。創業者の宗禄堂氏は、中国で三和紡績として紡績業を営んでいましたが、中国の国共内戦から逃れるため、台湾で会社を設立しました。トヨタグループとは当時から取引関係があり、豊田紡織および豊田自動織機から生糸や生産設備(織機)を継続的に購入していました。1956年には、技能教育のため、六和高級中学を創設、エンジニア育成の基礎となる高等教育を開始しました。1968年になると、トヨタ自動車の協力の下、自動車組立を行う六和汽車が設立され、自動車分野でのトヨタとの連携がスタートします。1971年には、さらにトヨタ自動車の協力により、自動車部品や機械製造を行う六和機械が設立されました。

　一方で、1972年に日中国交樹立により日台関係が断絶し、国策によりトヨタとの提携が解消されることとなります。同年に、六和汽車とフォードが提携し、両者による合弁会社が設立されています。一方で、提携解消後も、トヨタグループと六和機械の関係は続いていきます。1985年より、トヨタは台湾合弁会社の国瑞汽車を通じて、六和機械より鋳物、シャーシ等の調達を開始します。継続的な取引関係を保つ中で、1990～91年にトヨタグループの自動化設備製造を担うトヨタ紡織が六和機械と共に中国視察に出かけています。これは後の合弁事業を踏まえたものでした。翌1992年に、中国でのトヨタグループと六和機械の最初の合弁事業である、「六豊」が中国昆山に設立さ

れました。これは、六和機械、豊田通商、建台豊の共同出資事業です。1994年には、同じく昆山に豊田自動織機、六和機械、豊田通商の共同出資により、中国・豊田工業昆山が設立されました。これを皮切りに、2000年以降、加速度的に六和機械とトヨタ系部品メーカーの合弁会社が設立されることになります。

　　トヨタと六和機械の事例から、日台企業の補完関係を示すと、以下の通りとなります。

	トヨタ系中小部品メーカー （日本企業）	六和機械 （台湾企業）
企業の強み (傾向)	• 高い技術力 • 高い生産管理能力 • 技術者の育成ノウハウ	• 欧米型マネジメントとスピーディな意思決定 • グローバル人材の積極的活用と現地化ノウハウ • 中華圏での豊富なビジネス経験
企業の弱み (傾向)	• グローバル経営人材の不足 • 意思決定の繁雑さ • 中華市場での販売 • マーケティング経験不足	• 高度技術者と技術者育成ノウハウの不足 • 自社ブランド構築の不足 • 基礎技術研究開発の不足

（出所）各種資料により筆者作成

　　以上、過去トヨタ紡織と六和紡織の時代まで遡ると、トヨタ自動車と六和機械のアライアンスは既に64年の歴史を持っていることが分かります。上記合弁事業は概ね成功していると言われていますが、それは両社の紡織事業時代からの提携の歴史と経験の積み重ねが、日台企業アライアンスとして、中国事業の成功に寄与している良い事例であると言えます。

2. 味千ラーメン・チェーン（重光産業）の企業アライアンス戦略～日台アライアンスの失敗から学ぶ

　重光産業は、熊本を本拠地として、華人市場を中心にグローバルに店舗展開を行う「味千ラーメン・チェーン」を経営しています。現在国内98店舗、中国・香港を中心に海外652店舗（2011年3月現在）のフランチャイズを有しています。

　創業社長は台湾出身の華僑で、社長が幼少期に口にした故郷・台湾の味をとんこつラーメンに融合して開発したのが現在のスープでした。この独自レシピのスープは、中国・香港・台湾を始め、多くの中国人が好まれる日本風ラーメンとして認識されています。まさに、人気の秘密であるスープは、日台アライアンスによって生まれたものと言えます。

　そのため、味千ラーメンが、最初に海外展開を考えたのは創業者の故郷である台湾でした。最初の台湾進出は台湾企業との合弁によるものでしたが、合弁相手がスープのレシピを勝手に変えたことから味にばらつきができ、結果客離れが起きたそうです。同社経営陣によれば、当時のアライアンス・パートナーが選定ミスであったと分かった時には、時既に遅し、台湾の合弁会社は経営難から解散、台湾市場からいったん撤退をすることになりました。同社はこの経験から様々なことを学んだと言います。

　日台企業アライアンスには利点が多いと言われますが、決して万能ではありません。台湾進出の失敗後に、同社がグローバルでの店舗数拡大を成し得たのは、香港人のリッキー・チェン

氏と中国人のデイシー・ファン氏との三つ巴アライアンスによる成功が大きいと言えます。両社とも創業者の人柄と味千ラーメンの味に惚れ込み、熊本の本社に通い詰めたと言います。数年後、創業者のレシピと理念を変えないことを条件に、それぞれの市場でフランチャイズ展開を任され、現在それぞれの市場で成功しています。リッキー・チェン氏は同社の香港フランチャイズ展開で財を成し、現在香港で「寿司王」として「板前寿司」を展開、日本にも支店を構えています。また、デイシー・ファン氏は2007年に中国長者番付一位にランクインし、総資産額は60億元（約900億円）とも言われています。これは、フランチャイジーの利益最大化に協力を惜しまない同社の姿勢が、アライアンス企業に強い信頼感とグローバル展開成功へのモチベーションを与えている良い事例であると言えます。

　同社は台湾での失敗を生かし、成功する海外展開の要件として、アライアンス相手をじっくり見極め、理念を共有できる企業または経営者とパートナーシップと組むことを強調しています。また、日本にノウハウをブラックボックスとして残す形でコア製品を生産し、常に品質を維持するための、チェック体制を整えることで、日本熊本発の変わらない味を世界中に提供し続けています。

　以上の事例を分析すると、日台企業アライアンスのメリットとしては、相互補完関係を構築できることが挙げられます。日本企業側の強みは、技術力、生産管理能力、世界的ブランド力があり、台湾企業側の強みは、グローバル経営能力、新興国で

の製品供給能力、技術学習能力が挙げられます。

　日本企業にとっては、世界に広がる台湾企業や華人ネットワークを活用することで、広くアジア地域への拡販が可能となります。さらに新興国市場をターゲットとする場合に、特に中国では台湾企業の先行者利益が大きいため、①言語・文化への理解、②現地の生産ネットワークの活用、③労務管理及び政府への対応等、台湾企業の強みをより生かしたアライアンス構築が可能です。台湾企業を活用する理由の一つとして、台湾の日本語世代の存在と日本企業からの長期にわたるOEM取引の経験が挙げられています。これは戦後、特に国交断絶後の日台企業間に、前述のトヨタと六和の関係で見られたような、一種独特な企業間関係と相互依存型分業ネットワークが構築されており、台湾企業は一貫して、日本企業の黒子役として、OEMによるノンブランド生産に徹してきた歴史があるためです。このことから、台湾企業は一般的に日本式経営への理解があると考えられており、日台企業間には信頼関係に基づく長期的継続的関係が構築される傾向があります。そのことがアライアンス成功の一つの要因であるとも言われています。

　逆に台湾企業にとっては、技術開発やブランド構築等については日本企業に任せて、組織能力をグローバルでの経営管理や第三国での市場開拓や、グローバル人材育成や人材管理に注力できることがメリットとなります。また、日本企業からのOEMやODMを通して培った自社技術をアライアンス関係の中でブラッシュアップすることができ定期的に技術力向上を図る

ことが可能となります。また台湾市場や中国市場では、日本企業とアライアンスを行う台湾企業は、品質面や技術力の点でビジネス上強い信頼感を置かれる傾向があるため、永続的な企業発展を達成できます。

　一方で、日台企業アライアンスには、注意すべき点も存在します。一番大きい問題としては、日台企業の経営方式が異なることによる、意思決定スピードの違いです。台湾企業はトップダウンで意思決定を行いますが、日本企業はボトムアップで社内決裁が行われるため、往々にして台湾企業の意思決定のスピードに日本企業が着いていけないという事態が生じます。日本側は常に相手からプッシュされている感覚で落ち着かず、台湾側は日本側の意思決定の遅さにしびれを切らし、次第に関係がぎくしゃくし、交渉が決裂するということが良くあるようです。また、アライアンス関係では「学習レース」という要素がつきものですが、日台企業間に関して言えば、台湾企業の成長スピードが、日本企業に比較し格段に速いため、同規模の中小企業アライアンスの場合、台湾企業が先に合弁を維持する動機を失ってしまうことが良くあります。さらに、時には技術流出や利益分配等の問題も発生します。台湾企業は一般に日本的バックグラウンドを持ち、日本企業を理解していると言われていますが、一方で台湾は中華文化や米国の影響なども多分に受けています。いわば台湾企業がクロスカルチャー（多文化）である一方で、日本企業は日本文化をベースとするモノカルチャー（単一文化）となる傾向があるため、二者の間には理解もあれ

ば誤解もあります。従って、信頼関係を維持するために、常に
コミュニケーションを取りながら、慎重に交流することが重要
です。

ポストECFAにおける日台企業アライアンスの展望

　日台企業アライアンスが一般に成功する理由として、前項で
は日台企業双方の強みと弱みを相互補完するアライアンス関係
の構築について述べましたが、少子高齢化による日本市場の縮
小と、急激なグローバル化の流れの中で、これまで国際展開を
行ってこなかった日本企業が戦略的にこうしたアライアンスを
活用するようになってきました。

　また、昨今の中台両岸関係の改善により、中国と台湾は2010
年6月29日に経済協力枠組み協定（ECFA）を締結し、今後は中
台間の貿易投資交流が益々活発化して行くと予想されます。さ
らに、翌2011年9月22日には、日台投資保障協定が締結され、
日台企業アライアンスを取り巻く状況は劇的に変化していま
す。

　今後の、日台企業アライアンスの展望として、以下の可能性
について述べたいと思います。

- 大手企業だけでなく、中小企業にも日台アライアンスが有
効です。

　これまで大手企業同士のアライアンスがクローズアップされ
て来ましたが、日台アライアンスは相互補完関係であることが

多く、経営資源の限られた中小企業にこそそのメリットが享受できると考えます。例えば前項には、大手企業系列の中小企業の事例や、地方発ラーメンチェーンの事例を挙げていますが、中小企業の場合には、特に経営者の理念や考え方、ビジネススタイルを深く理解するパートナーの選定が最も重要です。

- 台湾を拠点にして中国市場を攻略。またアセアン地域にも進出が可能です。

台湾企業の商工団体である台商協会は世界各国の主要都市に必ず設置されており、現地のビジネス活動はもとより、現地政府機関との交渉や貿易投資関係の改善に尽力しています。このような台湾企業および世界の台商協会のネットワークを効果的に活用できれば、より有利にグローバル展開を行なえる可能性があります。また日本企業が台湾経由で中国に貿易投資を行う場合、ECFAを有効に活用し、関税等の軽減、貿易投資障壁のクリア、他の外国企業に比較して中国大陸で有利な待遇を受けることが可能です。

- 台湾企業がいち早く進出するベトナムやインド、ブラジルなど新興国にも市場を拡大。

台湾企業は、日本企業や韓国企業とのグローバル競争に絶えずさらされており、より早く新興市場に投資を行い、新しい市場でいち早く受け入れられるような人脈作り、現地市場に見合った低コストでの生産のノウハウを築いています。日台アライアンスを行う日本企業は、このような台湾企業の新興国市場での先行者利益を活用することができます。

- 台湾企業は、日本企業との技術提携で、新規性の高い製品をグローバルに提供し、アジア地域での優位性を確立。

　台湾企業側のメリットとしては、世界トップレベルの日本の技術を活用した製品を供給することで、いち早くグローバルでのシェアを拡大できます。事例としては、シマノのギアを使用して、米国市場シェアを確保した台湾自転車メーカー、ジャイアントのケースが挙げられます。

　また台湾と日本には、ともに世界有数の産業クラスターが形成されており、これらクラスターが有効に連携することで、より多くの日台中小企業がアライアンスによるイノベーションを達成できることが期待されています。さらに、日本中小企業やベンチャー企業が、グローバル展開を行う場合に、クラスター交流の中で、台湾企業のこれまでの経験とネットワークを活用できると考えます。日本中小企業はハイテク・コア部品の製造技術を日本で一部ブラックボックス化しつつ、海外市場での生産や販売を上手く台湾企業に任せることで、効果的な国際分業が達成できます。

　日台交流の実務機関である財団法人交流協会によれば、IT及び半導体産業に代表される台湾企業の成長は、総事業所数の97.8％を占める中小企業がサポートしてきたといいます。台湾の中小企業は労務や生産コストを徹底的に抑えながら、海外技術を導入、即座に量産化する能力と経験を蓄積してきました。この台湾企業の組織経営能力、生産管理能力に、基礎研究の強い日本企業の高い技術の製造ノウハウが加われば、グローバル

シェアの獲得やグローバル市場拡大をよりスピード感を持って
進めることが可能です。前項で述べたように起業家精神旺盛な
台湾企業は、台湾のみならずのアジア全域でその活力を発揮し
ています。一方日本では3.11地震における台湾からの多くの支
援に感謝の声が上がっており、近年台湾企業と取引を行いたい
と希望する日本企業が増えてきました。今後は、ますます日台
アライアンスによるグローバル展開の事例が増えていくことで
しょう。

（参考資料）

日台企業アライアンス〜アジア経済連携への底流を支える
　　（井上隆一郎編・2007年交流協会発行）

アジア国際分業における日台企業アライアンス〜ケーススタ
　　ディーにおける検証（井上隆一郎、天野倫文、九門崇編
　　・2008年交流協会発行）

外資系企業とのアライアンスによる我が国中小企業の国際競
　　争力強化の実態と展望〜平成22年度対日投資促進調査委
　　員会報告書〜（2011年財団法人対日貿易投資交流促進協
　　会発行）

旺旺グループの日台企業
アライアンス実例

王珍一

（旺旺グループPR委員会特別アシスタント）

─────── 内容のポイント ───────

│互恵の模範となる旺旺グループと岩塚社のアライアンス│

●

│日台アライアンスにおいて信頼関係を築くには
忍耐と時間の積み重ねが必要│

●

│文化と習慣の要因を備えた日台アライアンスの多様化│

●

│アライアンスの実現の可否に関わる現実的な要因と利益関係│

●

│有望なECFA締結後の日台アライアンス│

互恵の模範となる旺旺グループと岩塚社のアライアンス

　旺旺グループは1962年に設立され、1976年に組織を改変、社長は当時20歳あまりであった。当時社長の父親はサバの缶詰などを製造しており、利益は得ていたものの、原料の問題に直面した。そのため、原料供給が安定している産業を探したいと考え、その後日本の顧客と何年も話し合った結果、ついに成功に至った。日本人は独自の民族性を持っている。そして、台湾市場にも限界があり、市場を開拓する必要のため、私たちは1992年に中国へ進出し、2009年には売上げが16億米ドルとなった。その間、技術において協力してくれた日本の岩塚社に感謝するため、1996年にシンガポールで上場した際、当社社長が岩塚社に5％の株式を譲ったことにより岩塚社は旺旺の一員となった。上場廃止となった後、その株式は香港旺旺会社へ移された。

　2つ目の事例には日本の森永グループと単独提携した、水神がある。微酸性電解水は元々自社の一級工場とホテルの殺菌に使用されていたが、現在では台湾の工場で生産販売されている。このような提携は伝統技術の提携ではなく、専売特許を買って行うというものだ。中国の一級工場には当該商品があり、中国国内の工場やホテルの消毒に使用されていた。薬品ではなく食品添加物であるため、一般の商店でも販売が可能である。当該商品は日本の厚生省と台湾の衛生署による認可を得てお

り、更に当社ではアメリカの特許も取っている。将来的にはバイオテクノロジーが発展し続ける可能性があり、中国の各省もこの産業に関心を寄せている。

　第3は、2006年のニュース報道である。義美社が最初に米菓子産業に進出したが、後に撤退した。台湾には食品製造業者が非常に多く、現在では日本のOEMも行っている。もともと、日本企業は開放しておらず、日本への輸出は困難であったが、現在では台湾へのOEMも開放している。その例として義美は3年前に日本の米菓子製造業者から権利を取得して、OEMを行っており、南僑は2009年からOEMを行っている。それは台湾企業にもう一つの提携方法をもたらした。必ずしも中国へ進出するだけではなく、日本と技術提携をすることで日本へ進出することができるのである。私の経験では、日本企業は自ら進出できない市場でない限り、台湾企業と提携して市場進出することを選択しない。台湾企業も同様に、もし技術があるのであれば、単独で市場に進出する。

インタビュー

問：旺旺グループと日本岩塚社のアライアンスの経験にて、台湾企業は主に日本企業からどのような利益を得ることができるか？双方の信頼関係はどのように築くのか？調整し合う時期は必要か。

答：主には技術提携の部分である。日本企業の方がノウハウや専

門的な技術能力を持っているので、どのように製品を生産するかを知っている。よって私たちはその生産技術を転用して中国に進出してからは旺旺社の販路を通じて販売を行っている。提携関係の構築について、当社の総裁は可能であると考えており、全ては縁である。旺旺社の社長は3年かけて日本側の社長に誠意と向上心を示し、ようやく充分な信頼関係を築くことができた。

日台アライアンスにおいて信頼関係を築くには忍耐と時間の積み重ねが必要

互いの調整期間、例えば双方の技術提携は以前から長い時間をかけて話し合いが行われた。確かに長い時間をかけてお互いを理解し、信頼関係を築くことが必要であるが、一度アライアンスが締結されれば、ひたすら前進することができる。そのため、実際に行動を開始する時には逆に何の問題もなかった。それは、事前に長い時間をかけて話し合いを行った結果であり、互いの信頼関係が築かれているからである。

問：旺旺グループは多元化経営を進めているが、外国企業とのアライアンスはやはり日本企業を主としているのか？その理由とは？実際の利益や感情、信頼は考慮の対象となるのか？

答：旺旺グループの多角経営における外国企業とのアライアンスについては、その通りである。もちろん米菓子事業以外にも異なる業種とも協力をしている。米菓子関連については、日

本企業と安定した関係が既に構築されているので、日本企業が主体である。実際のところ、提携の意向さえあれば、みな提携することができる。

文化と習慣の要因を備えた日台アライアンスの多様化

　例を挙げると、米菓子は1976年に技術提携を始めた。米菓子以外には、2008年に旺旺の社長が「中時」、「中視」、「中天」の「三中」メディアを買い取り、今年になって中天が日本のテレビ局とのアライアンスをするまで、メディア情報の交流や協力に関わっていた。それほど知られてはいないようであるが、旺旺は他の業者ともアライアンスを組んでいる。日本企業とのアライアンスについては、同じアジアで風習が比較的似ているということが主な要因である。

　言い換えると、旺旺と外国企業とのアライアンスや多角経営は、当然実際の利益や感情、信頼が基本となっている。同じアジアの国家として文化や飲食、生活習慣が似ているため、日本企業やその他のアジア企業との協力が多い。しかし、その他の多角経営は専門技術によりアライアンスを進めており、日本企業のみに固執しているわけではない。

　また、互いの信頼関係が非常に重要であり、一方、感情も重要である。台湾と日本人の協力には歴史ある経験に基づいて築かれており、実際の利益も出ている。私たちは中国市場へ進出

する際、日本の規模は台湾より大きい為、進出において日本の技術と経験を借りる必要がある。もし専門的な技術と販売能力がなければ、中国とは提携することができず、彼らの旺旺への期待も同じである。

アライアンスの実現の可否に関わる現実的な要因と利益関係

問：旺旺グループはブランド、経営、内需市場の開拓についても日本企業と協力しているのか。それとも、米菓子の技術指導のみに限られるのか。

答：旺旺と日本企業のアライアンスは米菓子に関する技術提携を主体とし、他の分野は比較的少ない。中国市場への進出は旺旺自らの能力によるものであり、日本企業とはそれほど関係していない。例えば、以前旺旺は韓国企業とインスタントラーメンにおいて提携した。要するに商品自体が中国の特定の企業と提携していないかぎり、または商品に特徴さえあれば、双方は提携相手とすることができる。

問：今後、旺旺グループの中国市場における経営も、日本企業の手を借りるのか。ECFA締結後も、日台企業アライアンスは楽観視できるのか。

答：(1) そうとは限らない。新商品や新技術があるかどうかによる。もし自分で経営することができるなら、ほとんどの企

業が自分で開発するであろう。また、産業の性質がどのようなものか、中国へ単独で進出できるかを見定める必要がある。

　現実的な面から言うと、能力がないから、そして必要があるから日本企業と提携することになる。そうでなければ、なぜ日本企業と協力する必要があるのか。日本企業も同様に、必要だから台湾企業と協力をするのであり、そうでなければ自分で中国市場へ進出するであろう。

(2) ポストECFAにおいても日台企業が提携し続けるか否かについては、それぞれの産業や企業が、もし日本と密接な協力関係があれば、輸出入や技術提携により会社は恩恵を受ける。中国市場進出のための協力は更に便利になり、日台アライアンスは更に密接になってくるであろう。

有望なECFA締結後の日台アライアンス

　現在ECFA締結後、共に中国市場へ進出するため、私たちと日本、そして各国との関係は更なる発展を遂げている。彼らは旺旺の中国での経営経験や販路を借りることで、自身の不足部分を補うことができる。中国市場は非常に大きいということと、現実に需要があるということから、更なる協力が促進されるであろう。ポストECFA時期の日本企業またはその他のアジア企業とのアライアンスは、将来的に有望である。

日台企業の中国投資における
アライアンス事例の分析

詹清輝

（日本城西大学大学院経営学研究科客員教授）

──────── 内容のポイント ────────

│日台企業の優位性と長所│

●

│日系企業とのアライアンス構築の利点│

●

│日台業者の中国投資についての比較│

●

│アライアンスの実例│

●

│日台業者アライアンスの成功の要素及び革新提案│

────────────────────

　国際貿易実務に携わって30年になる。これまで日系業者の台湾輸出入と合弁に参与すると同時に、日台業者の中国におけるアライアンスの実務にも従事した。このため、近年日々変化する日台三者間の商業環境に関する報道には、常に注目している。

日台企業の優位性と長所

　台湾と日本の商業活動においてアライアンスを展開する場合、常に二者の相補関係を考慮する。優位性を活用し、弱点を補うことを目標に努力しなければならない。

（一）日系企業の長所

- 経営能力：日本人の特徴として、真面目で勤勉な作業員は会社への帰属意識が高く、細やかな品質管理、プロセス管理などにおける優秀な企画管理能力を有する。
- 技術能力：最近環境領域とサービスなどの方面で世界一の技術能力を有するようになっている。
- ブランド力：Sony、Toyotaなどの世界一の企業と数多くの世界トップブランドがある。これからわかるように、日本は高性能、高品質のブランド力を持つ国家である。

（二）台湾企業の長所

- 経営能力：意思決定が迅速で、生産管理の方法が効率的で

ある。このほか電子製品と食品業では、資金条件が充足している企業が多い。

- 国際性：政治環境が不安定で国内市場が小さい台湾は、以前から積極的に海外で商業活動を展開しており、華僑のネットワークを効果的に利用して、中国でブランド力を形成している。

- 商業能力：台湾人は自己による創業を目標としており、10年足らずで台湾の液晶、半導体産業を世界トップ産業に導いた。一方、優位と弱点の相補関係において、例を挙げると、台湾企業は技術とブランドがなく、日本企業は中国語圏において、いかに異国の経営のコツと目前のリスクなどに慣れるかという問題がある。よって、この相補関係を築いた日台企業は、アライアンスの組織により、国際競争力を高めることができる。

日系企業とのアライアンス構築の利点

日台経済発展基金が行った台湾の会社62社に対する2003年「日台中小企業の三国における提携の動向」アンケート調査によると、以下のとおりである。

- ビジネスチャンスの増加

日本企業は社会習慣上、集団制度を重視する：商社では三菱、三井、住友グループなど、自動車業ではトヨタ、日産、本田、三菱など、電機業では日立、東芝、富士通など、各グルー

プのメンバー同士の優待条件があり、商機が無限に増加する。

● 共同研究により競争力を強化

日系企業との合弁、合併、技術提携などをとおして、共同で製品設計の研究、開発、キャンペーンなどをすることで、営業面での企業の競争力が強化される。

● 日本との互恵関係を強化

原料、部品、生産設備の代理購入、生産ライン設計、委託生産、定期検討会などにより、日台業者の互恵関係が深まる。

● 第三国市場を共同開拓

日系企業は世界的販売ネットワークを有し、合弁生産した製品に販売ルートを与えることができるので、第三国市場の開拓に大変有利である。

● 産業構造改革の促進

産業構造改革には内外の要素があり、相対的に見て、外的要因により改革が促進されることが多い。

一方、台湾企業にも日系企業にとっての利点がある：

近年、世界各国の企業は先を争って巨大な中国市場に進出しており、中国投資企業では台湾企業が最も成功している。またこれらの台湾企業に、日系企業が様々な方法で参与している。日系企業は中国での事業発展を願って、台湾企業からのOEM調達、技術移転、コスト削減、販売ネットワークの利用により市場を獲得している。

日台業者の中国投資についての比較

活発に中国投資を行い、安定的経営状態にある台湾企業は、合弁による中国市場の開発、技術協力、第三市場の共同開拓、委託生産など、日系企業とのアライアンスに対する希望も増加している。日系企業と協力関係を確立することの利点としては、ビジネスチャンスの増加、競争力の強化、市場開拓についての共同検討、技術経営管理の向上、産業構造改革の促進が可能という認識が浸透している。

まず日台業者の中国投資に対する共通点と相違点から説明する。

（一）共通点

● 基本的に主な目的が同じ

台湾企業と日系企業の中国進出は、同様に中国の低価格の原料と生産を求め、販売と研究開発を行い、莫大な市場の可能性を追求するためであると同時に、既存の大手顧客の中国投資に続いて進出する傾向もある。

● 製造業の発展段階が同じ

台湾と日本が工業先進国または新型工業国となるために踏むべきステップにおいて、製造業の競争力が失われるおそれがあるため、海外移転により生き抜こうとする。両者は産業レベルの上昇と、中国の産業との圧力分担に直面する。

● 共通の投資型態

台湾企業と日系企業の中国進出の初期段階は、主に中国の安い労働力を利用する垂直型である。中国の加工技術の進歩と分担作業の実施にともない、徐々に水平型に変わる。

● 産業の空洞化

資本、技術、人材の空洞化に直面する。台湾企業と日系企業による中国進出の初期段階は、労働集約型産業が主であり、生産技術が劣る。しかし、近年、その加工技術が進歩し、1990年代後半に中国は家電・コンピュータ・通信機器の生産を開始し、これにより台湾のハイレベルの技術資本が海外移転されることとなった。そこで、日台業者の両者にもたらされた技術資本の空洞化が、台湾と日本の産業グレードアップ加速の問題よりもさらに深刻化した。

● 産業逆輸入

台湾と日本の出資割合に伴って、逆輸入の比率も相対的に高くなる。中国の投資に関する法規は外資により一定の製品比例があれば、必ず輸出することになっている。同時にこれにより、中国が台湾、日本に代わって第三国市場開拓のための生産基地となったことが証明された。

● 集団化

台湾と日本のほとんどの請負業者はその顧客と共に中国に進出し、工場を移転している。1つの企業が複数の企業を率いて、既存の業務関係を維持し続けている。

（二）相違点

● 投資する産業の種類

日本貿易振興会が2000年に製造業に対して実施したアンケート調査によると、日系企業は大規模に電機業、輸送、化学などの機械に投資している。また台湾企業は、電器製品、金属材料、プラスチック製品、食品・飲料、化学などの製造業に投資している。

● 政治的立場による衝突

日中両国には正式な国交があり、両国の貿易については以前から投資の正常化を実施している。日中両国の競争と紛争は、本国の経済的利益を主とする。また、両岸関係は日中関係とは比較の対象にならず、敏感な政治的要素がある。台湾当局は主に中国の持つ莫大な市場の可能性を認めて、台湾企業の中国投資を許可している。

● 進出区域の分布

日系企業は当初広東、浙江、上海、江蘇、山東地区に集中して進出し、現在は徐々に中国内陸に拡大している。台湾企業は基本的に日系企業と同じで、当初は広東、福建、長江デルタ、環渤海地区に集中して進出し、現在は内陸に移動する傾向にある。

● 投資形態

台湾企業による中国進出の初期段階は、中小企業が主である。近年中国の投資環境が整ってきており、大型企業も次々と中国に投資している。近年日本は国内経済の悪化が続き、需要

縮小により、中小企業が続々と生存の路を求めて中国に進出している。

● 優位性の比較

両者を比較したところ、台湾企業は言語、文化、地理において有利である。日系の中小企業は言語、文化などの方面で困難である。

アライアンスの実例

（一）SS機械工業有限公司

上記のアライアンスの概念の例として、台湾SS機械工業有限公司が行うアライアンスと合弁関係の内容を紹介する。

1. 海外合弁を行った年

1984年日本SK工業と技術提携

1988年日本FB産業、MB汽車、台湾TT通商公司と合弁

1994年日本MSプレス工業と技術提携

2005年日本JTEKTと技術提携

2. 海外営業拠点の概況

Part 1 SZ（福建）機械工業有限公司

設立：1995年12月19日

登録資本金：1,445万米ドル

出資：SS機械工業股份有限公司100%

社員数：850人（2010年5月）

所在地：中国福建省閩候県青口鎮青口工業区

総面積：79,428平方メートル

主な製品：排気管、マフラー、変速レバー、ダッシュボー
　　　　　ド、レインフォースメント、ペダルユニット、
　　　　　ステアリングコラム、バンパー、フィラーネッ
　　　　　ク、ガソリンタンク、オイルパン

Part 2 天津FS機械工業有限公司

設立：2002年6月14日

登録資本金：650万米ドル

出資：SZ（福建）機械工業有限公司 45%

社員数：475人（2010年5月）

所在地：中国天津市西青区中北鎮営建支路夏利駐輪場向かい

総面積：60,000平方メートル

主な製品：クロスメンバー、ブラケット、スティフナー、マ
　　　　　フラー

Part 3 天津FBSZ機械有限公司

設立：2004年1月19日

登録資本金：1,182万米ドル

出資：SZ（福建）機械工業有限公司 42%

社員数：685人（2010年5月）

所在地：中国天津開発区第十一大街の北側、北海路の西側

総面積：63,000平方メートル

主な製品：自動車用部品及び金型

Part 4 SFKY（アモイ）機械工業有限公司

設立：2004年1月19日

登録資本金：800万米ドル

出資：SS機械工業股份有限公司 35%

　　　（SUCCESS CASTING CO.,LTD.の名義にて所有）

社員数：255人（2010年5月）

所在地：中国廈門市海滄区滄新陽工業区工業西園路88号

総面積：51,286平方メートル

主な製品：自動車ステアリングユニットなど

Part 5 OTICS機械工業（常熟）有限公司

設立：2004年6月15日

登録資本金：710万米ドル

出資：SS機械工業股份有限公司 25%

社員数：120人（2010年5月）

所在地：中国江蘇省常熟東南経済発展区廬山路101号

総面積：40,000平方メートル

主な製品：自動車エンジン部品

Part 6 広州FB汽車部件有限公司

設立：2004年9月29日

登録資本金：2950万米ドル

出資：SS（香港）有限公司 32%

SZ（福建）機械工業有限公司 12%

社員数：770人（2010年5月）

所在地：中国広州市南沙区黄閣鎮黄閣中路22号

総面積：105,000平方メートル

主な製品：ブレーキユニット、電子制御燃料システム、金
　　　　　型、自動車用部品

（二）日本の人材を重用した「和椿科技份有限公司」

　当該会社は1980年に「高品質の確立に協力する台湾製造業」
を趣旨として和椿貿易股份有限公司を設立し、翌年1981年に輸
入業を開始し、オイルレスベアリング、リニアベアリングなど
の伝導・駆動部品の代理店となった。2001年に和椿科技股份有
限公司と名称変更した。技術を先見的な戦略に大胆に導入し、
オイルレスベアリング、リニアベアリング、駆動モータ、自動
制御、産業ロボット、SMT後処理設備、LCD、半導体製造設
備において経験を積み、建築工事用の換気装置、振動防止装置
を結合して、工業及び建設工事領域において重要な役割を果た
している。本社を台北に、工場を桃園に設立し、台湾中、南部
にそれぞれ営業所を置いて、当地の顧客に各種技術サポートと
情報提供を行う。また、さらに多くの顧客にサービスするため
に、タイバンコク、日本東京、中国上海、昆山などにも次々と
分支機構を設置し、2010年には昆山に工場を設立した。

　1998 年から2005年まで、和椿科技が開発した製品8つが台湾

の台湾優良製品として選ばれ、うち4つが国家産品形象賞（金賞1つ、銀賞３つ）を受賞した。2001年は第10回国家磐石賞、第4回小巨人賞を獲得した。これにより、和椿科技の経営実績と研究開発能力が高く評価されたことになる。

　和椿科技の日台業者提携の特徴は、日本人材の重用である。副総経理2名と高級エンジニア3名という在職状況は、台湾では珍しい。業務経験が豊富な彼らは、特に製造業にとって有益である。以下はその例である。

- 彼らは分析方法についてよく教育されており、経験もあり、ゼロから商品開発を開始する時、主に論理思考から行う試行錯誤を減少することができる。トラブル発生時も、分析能力があれば克服できる。
- 顧客の要求が高い日本で働いた経験がある。品質に対する考えとやり方が異なる台湾人の手本になれる。
- 台湾では命じられた範囲でしか業務を行わず、一般に相補・協力的な行為が少ない。彼らは日本で組織の相補・協力的モデルへの対処に慣れている。
- 日台双方の人間関係（人脈）を利用して、任務を順調に完了させることができる。

日台業者アライアンス成功の要素と革新提案

（一）日本みずほ銀行の報告書に見られる「日台業者アライアンス對中国投資」成功の要素3つ

- 親近感

双方の国民は信頼関係を築きやすい。台湾は地理的関係により、日本語が達者な経営者が多いため、連絡や意志の疎通が容易で、日本文化と組織について理解しているので、日系企業が安心できる。

- 相補関係

台湾企業の経営面における特長：総合コストに効果的な生産管理を加え、日系企業よりコストが30%~40%安く、基本的技術能力があり、日本の技術移転を受け入れやすい。国際性：台湾企業は中国当局及び当地の企業と柔軟に対応でき、中国語、日本語、英語など多言語能力がある。またビジネスの素養が高く、市場開拓、人材育成に優れる。日系企業は経営管理が得意で、会社に対する忠誠心が強く、業務に対して真面目で責任感を持ち、数々の業種が技術でもって世界に進出している。また日本企業は長期間経営され、業界の情報網もある。

- 長期成功率

これまでの日台業者のアライアンス415ケースから、中国投資の生存率は、「日台業者のアライアンス」により現地法人が行う場合は78%、日系企業単独出資により行う場合は（合併含

む）68.4％のみである。

（二）「天候、地理、人心」を利用するSS工業械機の成功の要素

- モデルとして、中国の自動車部品製造工場に投資した。1995年、SS機械工業股份有限公司は100％自社出資により福建にSZ（福建）機械工業有限公司を設立し、MB汽車（日本MB汽車）の生産ラインに協力した。

- 中国でのSZ（福建）機械工業有限公司投資を利用。それぞれ2002年に天津FBSZ機械有限公司45％出資、2004年に天津FBSZ機械有限公司42％という再投資の方法で、中国国内のリスクを分担した。

- 親会社であるSS機械工業股份有限公司が、2004年にSFKY（アモイ）機械工業有限公司及びOTICS機械工業（常熟）有限公司にそれぞれ35％及び25％投資し、親会社に資金が豊かで操作が利くことを示した。

- 2004年、広州双葉汽車部件有限公司に対し、SS（香港）有限公司及びSZ（福建）機械工業有限公司からそれぞれ32％及び12％投資し、同時に香港子会社の免税の優待条件も利用した。

- 会社の会長が現場に来た場合、課長級の社員は皆日本語で話すことができ、不定期に技術員を日本の研修に行かせている。総経理、技術部長、課長など、階級を問わず、日本側から派遣された幹部には行き届いた接待をし、退職者で

も同僚と見なしている。日本の熟練幹部の現場技術指導を利用し、半分の労力で倍の効果をもたらす生産ラインを企画している。機械の新開発の場合、製図費用などが無料となる。

- 工場設立当初は日台双方の幹部が主力となり、徐々に中国国内の幹部を育成している。現在各拠点には、一人で担当業務をこなせる中国出身の経理級幹部が研究、生産、営業に取り組んでいる。

（三）提案事項：

1.初期段階：

(1)内部に対してはポイントを見据えて各業務に取り組む：日台業者のアライアンスは初期においてフィージビリティ・スタディ（Feasibility Study, FS）について慎重に考慮する。その内容は次の5つから構成される。

- 販売計画（販売対象、販売製品の種類、販売数量、販売単価、販売金額）
- 生産計画（生産数量、生産単価、生産金額、必要人員、設備、材料明細）
- 利益計画（費用計画、利益計画、利益配当計画）
- 資金計画（投資規模、出資割合、資金調達、資金運用、資金配分）
- 事業進度計画（具体的な日程表）

これはアライアンスの営業ガイダンスであり、定期的な考査

が大切である。

　　(2)外部に対しては他者を教訓にする：執行人員の実地調
　　　査は、同業者の過去を参照する貴重な経験であり、こ
　　　れにより無駄な損失を減少することができる。

　2. 成長段階：アライアンスの損得を再検討する

　　(1)人材確保：能力がある幹部に対して、職権を倍増す
　　　る。特に中国籍の幹部は重用する。日系企業の退職高
　　　級幹部を雇用した場合、特に海外長期駐在経験のある
　　　者は、その貴重な経験に頼る。

　　(2)営業利益を再評価する：一般に5~10年の期間におい
　　　て、事業が赤字から黒字に変わった場合、増資によ
　　　り、第2、第3子会社の営業活動範囲の拡充を含めて、
　　　工場拡張、設備増加、新市場開拓を考慮するべきであ
　　　り、生産技術と研究開発を徐々に強化し、商業リスク
　　　の分担について再評価する。業績の悪い事業部につい
　　　てはリストラを行い、短期的なダメージより長期的な
　　　発展を重視し、さらに早めに撤退して損失を最小限に
　　　する。

　3. 安定期段階：

　事業を長期的に成長させ続けることは、全ての企業の使命で
あり、予算達成、さらに目標実現は全社員の任務である。特に
事業に対しては将来を鋭く見つめ、提携を続けるか、関係を絶
つかを慎重に考慮するほか、新事業を開始し、商機をつかむこ
とも、会社の利益を増加させる方法である。

日台企業アライアンス戦略及び事例

張紀潯

（日本城西大学大学院、経営学部教授）

─────── 内容のポイント ───────

｜日台企業アライアンス：特性と優位性｜

•

｜中国で幼児教育を展開するベネッセ｜

•

｜中国、台湾に進出したオリックス｜

•

｜「Japan Desk」のレポートから見る日台企業アライアンス｜

•

｜現地の人材を育てることが急務でありポイントである｜

日台企業アライアンス：特性と優位性

　台湾企業と日本企業を比較すると(1)台湾企業には日本企業にない優位性がある。台湾企業は、必ずしも本社の指示に従い行動する日本企業のように、融通が利かないということはない。(2)台湾企業は中国では同胞の待遇を受けているため、その他の外資系企業にはない特権をもっている。(3)日台企業が中国に投資する領域が類似しているので、アライアンスに適している。日台企業アライアンスの基本は相互の信頼関係の下に成り立っており、実際に中国で日台企業アライアンスを行なっている日本企業のほとんどは台湾で投資や経営を行なった経験がある。台湾は日系企業にとって中国進出の「トライアル」、「前段階」となり、重大な役割を果たしている。以下で紹介する、ベネッセ及びオリックスは長期的に台湾での運営を行ない、業績も好調な企業である。

中国で幼児教育を展開するベネッセ

　教育は典型的な内需型産業である。人との関係が難しい上に、国家の政策にも制限があるため、進出が難しい産業でもある。ベネッセは1989年に台湾での投資を開始し、幼児教育を展開した。そして、長期的な努力と教材の現地化により、ベネッセは成功を収めることができた。現在台湾では17万人の会員が加入しており、10人に1人の子どもがベネッセの会員であるこ

とになる。ベネッセは台湾を「トライアルポイント」とし、台湾の経験を中国にも運用したいと考えている。

　ベネッセの中国投資は、主に「押す力」と「引く力」の影響を受けている。「押す力」を分析すると、日本は少子化の影響から幼児教育が大きな市場ではなくなり、台湾も同様である。「引く力」を見ると、中国は世界一に多い人口を誇り、13億人のうち1〜6歳の幼児人口は1億を超える。では、ベネッセはどのようにして中国市場に進出したのか？

　2000年頃、ベネッセはまず広州で幼児用教材の販売事業への投資を始めたが、克服できない幾つもの困難にぶつかった。例えば、中国では外国企業が直接小中学校に教材や教具などをセールスすることが認められず、台湾でのやり方は通用しなかった。中国では義務教育段階の教材や教具は統一されている。また、中国は中外合弁の教育事業に対して様々な制限を設けている。2006年に、私はベネッセ本社の依頼を受け、中国における(1)小中学校の教材や教具の研究開発事業、(2)児童書籍の編集、出版、販売の状況、(3)中外合弁の教育会社への各種規定などに対して調査を行なった。私は主に北京、上海、深圳などの地区で調査を行い、中小学校の校長や研究者を対象にアンケート調査をし、ベネッセに調査報告を提供した。私の提案とは、(1)ベネッセは単独ではなく、中国の児童向け出版社と提携をした上で児童書籍を売り込むこと、（2）ベネッセは中国の児童読み物市場を重視して、中国市場に適応する読み物を出版すること、(3)ベネッセは現地の政府機関との協力関係を強

めること、などであった。

　2006年にベネッセは本格的に上海での投資事業を開始した。上海の出版社と合弁企業を設立した上で、上海を幼児教育販売の拠点地域とした。ベネッセは日本や台湾で行ったような広告による幼児書籍のプロモーションではなく、上海南方ショッピングセンターなど人が集まる場所に「こどもちゃれんじ（中国語名：楽智小天地）」の専門店を設置した。専門店には例えば「しまじろう（中国語名：巧虎）」の玩具をたくさん置いたり、しまじろうなどの小型ショーを行い、子どもたちを引き寄せた。「上海での幼児書籍販売については、常に台湾で成功した経験を重視し、中国での事業に活かしてきた」（ベネッセ松平本部長談）。中国の社長と副社長はいずれも台湾での仕事経験があるため、中国語を解するだけではなく、中国人との付き合い方も知っていた。他に2名の台湾人スタッフも上海に派遣され、中国での営業指導を行なった。

　「中国では日本や台湾の教材を中国語にそのまま訳しただけでは売れない。中国本土のニーズに沿ったものでなければならず、ゼロから幼児書籍のローカリゼーションを行なった」というのが、ベネッセの成功の秘訣である。現在ベネッセは30万人の会員を持ち、2015年には1000万人に拡大すると予想される。幼児教育だけではなく、ベネッセでは就学する児童への講座も予定している。

中国、台湾に進出したオリックス

　オリックスは世界26カ国に275か所の拠点を有する日本最大の総合金融サービス企業であり、(1)レンタル業、(2)銀行、(3) OA機器のリース業、を展開している。2005年に中国が外資系企業の独資金融業を認めた。同年8月にオリックスは上海で97％出資のオリックス上海を設立した。オリックスにとってこれは3回目の中国進出であった。オリックスは初めて中国に投資をした日系企業だった。1981年に、オリックスは中国外経貿部(現在の商務部)との提携で「東方租賃有限公司」を北京で設立したが、その投資は最終的に失敗に終わった。当時の中国には市場への認識がなく、期限内にリース料金が支払われなかった国有企業が多い。リースの利用者はほとんどが国有企業であり、信用はなかった。

　2回目は台湾への投資であった。台湾での投資に大きな成功を収めたオリックスは、2005年に当時台湾支社長だった柿本良氏を中国に派遣し、オリックス中国の社長に任命した。私と柿本氏は1981年に知り合ってからずっと連絡を取り続けており、私が学生の研究旅行を組織し訪台する際には必ず台湾オリックスを訪れ、台湾の経済状況やオリックスの台湾での発展を解説してもらうなど、お世話になっている。

　オリックスが中国で成功を収めた理由は以下のとおりである。

　一つは台湾での経験が活かされたことである。ベネッセと同

様に、オリックスも台湾を「トライアル拠点」とし、台湾での経験を中国で応用した。柿本氏は81年に中国へ渡り、台湾でも長年勤めた後に上海へ派遣された。二つ目は中国経済の市場化、三つ目は単独資本の金融企業の成立が認められたことである。

　2008年にオリックス中国は、スタッフ61人、上海、福州、深圳の3か所に事務所を有し、登記資本は3，２００万米ドル(2005年の1,000万から年々増資されている)である。企業内組織は、(1)日本企業、(2)台湾企業、(3)その他の国と地域（香港、韓国、東南アジア、欧米）、(4) OA機器のリース業という4つの部門に分けられる。

「Japan Desk」のレポートから見る日台企業アライアンス

　台湾経済部の投資業務処と野村総合研究所台湾支店は、日本企業の台湾進出の状況を調査し、サービスを提供しており、その支援プロジェクトを「Japan Desk」と命名された。「Japan Desk」は在日台系企業を対象に調査を行なっており、ここでは特に2008年の調査結果を紹介する。

一、台湾を中国や中華系市場進出の「トライアル」とする

　在日台系企業は台湾を中国や中華系市場進出への「トライアル拠点」とすることである。2008年には、製造業のうち30.4％

の企業が「中国や中華系市場進出の試験的な活動を台湾でのプロモーション活動に応用している」と答えており、2004年と比べて22.3％増加している。製造業以外では「13.8％」と、2004年と比べると21.7％減少している。

　では、どうして台湾を「トライアル拠点」とするのか？製造業では51.4％の日系企業が「製造業を基礎とした台湾の産業構造に合っているから」と答え、28.6％の日系企業が「台湾で受けられるものは中国や中華系市場にも受け入れられるから」と答えた。製造業以外では「台湾で受られるものは中国や中華系市場に受け入れられるから」が75％に達した。

　台湾市場は、好みや生活習慣が中国人や中華系の人と同じというだけではなく、日本の製品やサービスを認めている。台湾と日本の交流は密接で親日家が非常に多く、日本の製品やサービスの人気も高い。日本の観光庁の統計によると、2009年に日本に訪れた観光客で最も多かったのが韓国（158万7000人）であり、次に第二位は台湾（102万4000人）、三番目が中国（100万6000人）である。また、交流協会台北事務所が2009年12月〜2010年1月に実施した「台湾の対日世論調査」では、「最も好きな国は日本」と答えた人が52％と最多であり、「アメリカ」の8％や「中国」の5％をはるかに引き離した。また、「日本に親しみを感じるか」という問いには、「常に感じる」と答えた人が49％、「感じる」が13％であった。台湾人は日本を認めているということであり、よって台湾企業も日本の投資を受け入れやすいのである。台湾と中国の類似した産業構造

（主に製造業）も日本の投資を歓迎している。日本企業は台湾で中国や中華系市場に合符した製品を生産し、台湾で中国への投資や経営するための経験を積むと良い。

二、在日台系企業の国際化への傾向

　在日台系企業は中国の拠点への支援を任されている。調査では、「中国にも拠点（兄弟会社）がある」という148社のうち、中国拠点への支援をしている企業は、102社（68.9％）であった。支援の内容をみれば、「営業支援」が30.4％と最も高く、2位が「技術指導」で22.8％、3位が「生産指導」で21.4％、4位が「市場調査」で17.4％を占めた。在日台系企業の中国企業への支援は、他の中華系市場に比べて格段に多い。台湾における日系企業の顧客はほとんどが台湾企業であり、オリックス中国では4つの業務部門において1つは台湾企業向けのサービス部門である。Japan Deskの調査ではこの件が証明されている。Japan Deskの「2004年のアンケート調査」では、在日台系企業の顧客は「台湾企業」が78.3％と高く、「日本企業」が54.5％であり、「一般消費者」の25.5％と「その他」の12.6％（複数回答）をはるかに引き離している。

三、在日台系企業は中国投資に積極的

　台湾の拠点と中国の拠点には密接な関係があるということは、出資状況を見ても分かる。調査報告によれば、台湾と中国にある企業で、在中日系企業に出資している在日台系企業は

29.1％を占めており、その他の国と地域をはるかに引き離している。

現地の人材を育てることが急務でありポイントである

　台湾の対中国投資により、中国貿易との一体化傾向が加速化した。台湾と中国における貿易統合がトレンドとなっている。この状況の下で、日系企業はいかに台湾企業とのアライアンスを強化するかが、避けられない課題となっている。上述のベネッセやオリックスなど台湾での投資経験をもつ企業は、自然に中国への投資に対して台湾での経験を重点的に発揮している。また、台湾での投資経験がない企業は、いかに日台アライアンスを発展させるかが、今後の研究テーマとなってくる。台湾企業は中国での経営で様々な困難にぶつかるが、多くの台湾企業はその困難に向き合い、問題を解決しようと努めている。日系企業も台湾企業に学び、原材料の現地調達、中国での購買比率の増加、現地人材を更に利用することでローカリゼーションを実現させてほしい。

日台企業提携体験談：
シリコーンは人生そのものである

王純健

（崇越電通株式会社名誉会長）

——————— 内容のポイント ———————

│中国市場への漸進的な進出│

●

│一心同体こそが提携とウィンウィンを生む│

●

│特色と魅力ある台湾企業が日本企業との提携チャンスを得る│

●

│進出したサービス業市場が直面する厳しい挑戦│

●

│台湾企業の中国投資は日本企業より実務的で柔軟性を備える│

●

│台湾企業の人材現地化が問題に直面│

●

│政策の開放思考とフォローアップでこそ作用が発揮される│

———————————————

　私自身は実務に携わる事業者だが、シリコーンに出会ったのは随分昔、紡績業をスタートさせた頃である。このシリコーンは日常生活等に関する産業に非常に関連性があり、また国民生活製品の物性改善となる、とても良い原材料であると気づいた。最初の重要な経験は、私が1970年に日本の群馬県磯辺地方にある信越化学の工場へ行ったことだ。その時の研修と経験が、シリコーンは非常に用途が幅広く、また魅力的であると気づかされ、私はこれに魅了された。

　私の事業提携先は日本の信越化学だ。社名は信越化学工業株式会社（東証一部上場企業）、1926年9月16日設立、所在地は東京、資本金は1194億円、2009年度の売上高は9168億円に達する。主要製品はPCV、化学品、シリコーン、半導体シリコーン、そして電子、機能性材料、機能性化学品等である。崇越電通は台湾では株式店頭公開企業だが、その企業規模は信越化学とは比較できないほどである。

　私は信越化学と1966年に事業提携関係を結び、同年からシリコーン販売業務に携わったが、これはとても重要なスタートだった。1981年に崇越貿易（現在の崇越電通）を設立、現在崇越電通の資本金は5.568億台湾元、2010年度の国内外の売上高総額は約68.8億台湾元、主要製品は日本信越化学のシリコーン関連製品の販売である。

　二社間の事業提携の目的は製造販売の提携だ。信越は製造メーカーであり、私たちの強みは流通ルートにある。よって提携目的は非常に明確で、彼らが製造したものを販売するというこ

とだ。私は台湾からスタートし、まず信越のシリコーンをシステム的に台湾業界へ紹介した。提携開始後、信越は1986年に台湾へ投資、台湾で工場(台湾信越シリコーン)を設立した後、中国大陸にも工場(浙江嘉善信越)を建設した。大部分は日本の信越化学が出資し、私は小額出資だった。なぜなら彼らはメーカーで、主導する立場にあり、私が担ったのは販売ルートの確立であったからだ。

中国市場への漸進的な進出

　流通ルート確立に関し、中国市場開拓のため拠点を設立し始めた。1992年に香港、1995年に深セン、1997年に上海、2000年に広州、2008年に北京、それから今年2011年には蘇州、ニンポー（寧波）と、一歩ずつ中国市場を開拓、そして信越化学の製品を導入し、効率的に中国市場開拓を進めている。中国市場での経営において、まず現地の法律厳守に注意しなければならない。早期に中国でのビジネスを始め、競争のために密輸、輸入脱税をしたような人々は既に居ない。よって初期より、まず現地法律を厳守(順法)することから始めており、現在その結果は歴然だ。私の言うスピードとは現地の市場志向を理解することで、効果的なプランニングを行い、製品を現地で効率的に配置することにある。また中国で、コスト観念は非常に重要と言える。このコストダウンに対応し、品質をコントロールするというように、全面的なプランニングが必要となる。また中国

ではレジリエンスがなく、効率的コストコントロールをしていない場合、市場にて影響力のあるシェアを得られない。よって中国市場の経営には、法律厳守を重んじること、スピードある効率を追求すること、そしてコストをコントロールすることが必要となる。

　ECFA（両岸経済協力枠組協議）の影響に関し、シリコーンは既にECFAのアーリーハーベスト(先行実施項目)の対象に入っている。私の見解としては、「強者は強者であり、弱者はいつまでも弱者のままである」だ。なぜならECFAはあくまでもプラットフォームであり、中国市場への進出は実力によるもので、政府が儲けるチャンスを与えてくれるというものではない。プラットフォーム、つまり誰にもチャンスがあるが、つかんでいないだけというわけだ。強者はいつも強者であり、更に大きな市場があるから効果を発揮できるが、もし実力がないのであれば、直ぐに淘汰される。ECFAは双方どちらも気を配る必要があり、効率的でない会社はやはり、その経営において問題が発生する、これがECFAが私に与える感想だ。日台提携において、専門家は多数の研究を行っているが、私が理解しているのは相手方の立場を尊重することだ。日本企業のその順法精神は、全社員に法を守らせ、規範を破ることを許さない。上に政策があれば、下はそれを絶対的に執行しなければならない。彼らの立場を認め、日本人の立場を尊重するので、理解し深めていくこととなる。これは提携開始時にしなければならないことだ。その次に勿論学ぶこと、常識を持つこと、更には知識を

持つことが必要だ。深く日台間の文化の違いを理解することが
必要となる。

　文化と言葉の構造は違う。日本は非常に礼儀正しい国家であ
り、イエスと言うことも難く、またノーと答えるのも難しい。
これは互いに物事を考える際配慮しなければならない問題だ。
長期的交流後、その習性も理解すれば、互いに尊重することで
の良き効果も得られる。提携項目上、どの提携内容にも不可能
を想定してはいけない。共同でビジネスチャンスを創り出し、
良いものを台湾市場へ紹介し、何か問題があればまた協議す
る。日本人も情に厚く、また理性的であり、困難なことがあれ
ば協力してくれる。長きに渡りお互い交流し、共に努力する。
自己の利益だけを考えてはいけない。

一心同体こそが提携とウィンウィンを生む

　日台提携は一心同体でなければならない。一心とは心をひと
つにすることで、私たちの提携は家族の様なものだ。だから誠
実が提携の基礎にある。ある事に関しては、能力があるからこ
そできるのである。日本人との付き合いには忍耐が必要で、時
間を与えることだ。日本人の考え方は階層型構造で、時間をか
けて考えるのには必ずや理由があり、忍耐を持ち時間をかけ、
彼らを理解することは非常に重要なことである。最後に市場の
ニーズをつかみ、スピーディーに対応することだ。うそ偽りな
く、市場が何かを望めばそれに応える。そして互いに信頼し、

忍耐強くなれば、必ずや成功するだろう。時には私の発した一言が、彼らに考えさせ、戦略を改めることもできる。これは私たちの長期に渡る提携関係に基づいている。

インタビュー

問：東北地方太平洋沖地震後、海外分散投資の考えというのはあるでしょうか。台湾への更なる投資に関しては如何でしょうか。

答：私の考えですが、日本の中小企業はまだまだ勇気が足りないと言えます。恐らくは、まだ単独での海外事業展開の準備が整っていないのでしょう。これが第一ポイントです。そして何故かと言いますと、以下の二点があげられます。

一、社会体制の改変

　日本の某社を例にすると、1990年代はまだ良かったのですが、社会体制改革のため、終身雇用制にはメリットがないと評価し、早期退職を推し進めました。その後遺症が人材訓練だけして他へ流す、ということです。多くの韓国電子、半導体業の成功要素はここにあります。ベテランは早期退職に追い込まれ、そのインテリ能力を売ってお金に換える。ちょうど韓国は人材を呼び込んでいたので、これが韓国の利益に繋がったというわけです。日本が雇用制度を改変した結果、現在日本企業は自らではどうにもならなくなり、反対に他企業との提携するこ

ととなりました。

　1980年以前、日本の電気電子(3C)産業は外へ移行しましたが、これは非常に良いことです。常に外への開拓を進めていたのです。ただ1990年代になると途端に駄目になりました。これは日本の国力の変化を映していて、根底の原因は日本全体の社会体制の改変にあります。

二、日本は依然として探っている

　日本にはこの様な背景があるため、常に探っているのです。あなた自身に何らかの専門的強みがあれば、儲けるチャンスはあり、彼らはあなたと提携します。例えば、康師傅はグローバル化を望んでいて、外資を導入しています。日本側も確立した流通ルートに投資の価値があるという見方をします。これが私の言うポイントです。流通ルートが投資価値のあるものなら、日本企業は投資し続けるのです。

　台湾企業のECFA締結後、私が前述した様にECFAにはメリットがあります。しかし強者は強者であり、弱者はいつまでも弱者のままなのです。例えば流通ルートで、大潤發は中国で多数の店舗を展開しましたが、これは言わなければ分かりません。「一線都市」や「二線都市」でも展開し、数も多くあります。国際投資は流通ルートが優良であると見て、投資、提携します。台湾企業は日本との提携を望んでいますが、日本側は実は適当な投資先を探しているところです。自らやってきて話しを持ちかけるということはしません。ただ中国の流通ルートを

探し、観察しているのです。台湾は正直に申しますと、市場も
小さく、チャンスも少なくなっています。しかし中国の市場は
大きいので流通ルートさえあれば物は売れるものだと考え、日
本企業は進んで提携します。これは提携においての基本条件で
す。私たち台湾企業は日本人を導いて、惹きつけなければなら
ないと私は考えます。もし何か特別なもの(something special)
があるならば、日本企業も提携をしたいと思い、そうなると直
ぐに同調して、技術、流通ルート、市場提携となるでしょう。

問：地震による原発災害後、日台間の提携については強まってい
　　るのでしょうか。

答：これはまだ成り行きを見守っているところです。日本人も検
　　討しているところではありますが、良い投資先を見つける必
　　要があるでしょう。もし期待できるビジネスチャンスがない
　　なら、外へ向かう理由などありません。しっかり日本国内を
　　固守した方が良いのです。今回の地震は何年かに一度で、毎
　　年発生するというわけではない、日本人はそう考えているの
　　です。だからなんですが、捨て身になって投げ出して、突き
　　進んでも、そこに何のメリットもないなら進む必要がないわ
　　けであり、中小企業は保守的で、勇気が欠けるということ
　　を、私たちは理解しなければならないのです。大企業にはグ
　　ローバル観がありますが、中小企業は保守的です。中小企業
　　と付き合っていくと分かりますが、実はその多くがグローバ
　　ルと言う認知を持っていません。日本国内で中堅的立場を演

じることはできても、グローバル観を持っているとは限らないのです。

　中国での事業遂行においては、日本企業と提携し、またその際には中小企業で特別な何かを秘めているところを探し、取り入れます。これが私の見方です。この面では、一部の中小企業は非常に優秀ですが、ただ一社の規模と観念に留まり、グローバル化できません。実際この様な企業はありますが、詳細に探していく必要があります。今、この様な企業を発掘するという、日台企業間の連絡窓口を担っている東京の友人がいます。チャンスのあることなら、どんなことでも話し合います。

問：これは企業自身がプラットフォームを構築するということでしょうか。

答：プラットフォームを築くというのは良いことです。実力がある、つまり魅力があるということです。

問：政府を待たなくて良いのでしょうか。

答：いいえ、政府はついて来ます。企業自身がプラットフォームを築くのはとても良いことですが、今現在重要なのは政府がECFAにおいて制限を設けているということです。中国に対して台湾への投資に制限を設け、台湾へマネーをもたらさないようにし、逆に自分の企業のマネーは絶えず外へ流れ出ています。彼らはなぜ来ないのでしょうか。実は資金が大きすぎ

て台湾の企業を乗っ取ってしまうのではと恐れているのです。ECFAの件においては、はたして中国の資金を惹きつける必要があるかどうかの意向にあるのです。台湾への投資はそれ程ありませんが、中国への投資額は既に数十億、数百億の資金に達していて、これはつまり私たちのマネーは絶えず投資のため分散していっているということです。

　台湾にとっては両岸の絶え間ない交流が必要です。ビジネスのプラットフォームは、強きものがいつも強いのです。中国の五ヵ年計画(十二五企画）は産業の発展強化を提起していて、世界の工場から国内内需へシフトさせようとしています。内需市場の考慮に重点を置き、労働密集産業への転化は、まず労働者失業の問題を生みます。次に、内需へのシフトが十分な量を供給できるのかどうか。人口は多いが、世界の工場が製造しヨーロッパ市場へ販売したそれ程の購買力なのかどうか。例えば、中国の観光客はその人数は多いですが、値切りもします。日本の観光客の消費習慣は素晴らしく、人数は少ないけれども、消費量は多いということです。今日私たちは実質的な内容を考慮すべきではないでしょうか。考慮する面は広ければ広いほどよいのです。

　中国の内需問題はそう簡単ではなく、内陸部と沿海部での生活レベルには依然として差があります。ポケットに札束を持っているのはまだごく少数で、13億の人口全てが裕福というわけではありません。内需市場に盲目になってはいけませんが、ECFAが続くと、能力のある台湾企業や、早期に動いた

ところは益々大きくなってきます。例えば、康師傅、旺旺、大潤發です。これらの企業は政府に頼らず、この様に始めたのです。その後有利であるということで他からの投資も集まりました。

特色と魅力ある台湾企業が日本企業との提携チャンスを得る

問： つまりこれは、流通ルートさえあれば惹きつけられるということで、非常に現実的ではないでしょうか。

答： 勿論です。例えば、康師傅がインスタント麺と飲料品の販売で流通ルートを構築した後、日本のビールメーカーはビールを陳列すれば高い販売効果を生むだろうという考えから、康師傅の流通ルートに参加したというわけです。

問： ある経営学科の教授が康師傅でスピーチを行い、課長の待遇はどのくらいか、という質問を投げかけましたが、月給約数万人民元ということです。

答： これは業績の良い課長のことでしょう、一般のレベルではないはずです。しかし現在台湾と中国のマネージャークラスの待遇は迫ってきていて、ほぼ台湾の管理職と同等です。馬が走る為には草を与える必要があり、そんな彼らには経営者の為に働いてもらわなければなりませんが、これは意識の問題です。彼らは非常に良い待遇を受けている様に思われます

が、実は単一での毎月の給与というわけではなく、まだ他にも業績に対する手当てや福利待遇というのが加えられます。要するに、会社に儲けさせるのです。この会社が儲けるというのは、パフォーマンスの良好な会社だからですが、こういった会社は非常に倹約的で、コストを重要視しています。コストコントロールが良く、マネージメントも良好だからこそ、儲けられる会社になれるのです。

問：中国で流通ルートを構築するということですが、流通というのは一種のサービス業であるといえます。日本企業で投資して、つまり日本企業は製造を担うわけですが、サービス業に関しては如何ですか。どのように分担しているのでしょうか。

答：全くそうというわけではありません。私と信越との関係は二つの分野で、各々長けた部分を持っています。彼らはいいモノを作り、私たちが販売するという分担は明確です。彼らが製造し、私たちの流通で代わって販売するのです。私たちも工場を設立することはありませんし、製造して売るということもしません。こうすればもめごとも起こりません。だた時に日本企業も手を伸ばして、自ら売りさばく事もありますが、私の反応はというと、「いいですよ。また必要であれば手伝わせてください」です。

問：モノを売ることが才能ではなく、マネーを回収することが能

力でしょうか。

答：これに関して私たちはなかなかよくやっています。私たちが
売るものというのはセレクトされたものです。顧客を探るだ
けでなく、支払条件について取り決めること、その他にも市
場調査や信用調査も詳細にしなければなりません。以前台湾
の華南銀行が、私たちの会社の不渡り率が0.0何％だと話して
いましたが、これはめったにないことです。勿論中国で小さ
な不具合というのはありますが、全体的には悪くありませ
ん。セレクトして商品を売るというこの観念は絶対です。ビ
ジネスというのは必ずしも大きく成長しなければならないと
いうことではありません。重要なのはマネーを回収すること
です。よって支払い条件と信用管理というのは非常に重要で
あると言えます。

問：では良い商品だからこそできることでしょうか。

答：以前は人にお願いしていましたが、今は良い商品であれば人
を惹きつけ、自然に誰かが買っていきます。消費者の口コミ
を良くしたい、そうなるとブランドに頼るしかありません。
良いセールスルートというのは良い口コミを作ります。良い
モノ造りのできる製造者はマネーに換えるチャンスがあるの
です。

厳しい課題に直面したサービス業市場の中国進出

問：将来的に台湾のサービス業が中国市場に進出するにあたって、どのようなチャンスと課題がありますか？あなたの経営する業種から、関連する経験談やアドバイスがあればお願いします。

答：私たちの経営には方向性があり、競合も多いですが、私たちがシリコーンで築いた流通に対する口コミはなかなか良いものです。全世界が私たちから多くのシリコーンを購入するというのは、私たちに特別な何かがあるからであり、人材も留まるのです。同じくサービス業の多くは、元々台湾では順調でなくても、中国でのチャンスをつかんで復活します。この種の企業の多くがこんな状況です。

　中国に進出することで、古くからの中小企業の多くがほっと一息という気持ちでした。しかし、多くの中国人は吸収と学習能力が高く、通りの入口で仕事をしているかと思えば暫くして通りの出口で開業していたり、弟子が師匠を打ち負かしたりします。また、コストが低いのでどんどん商品の生産ができるのです。過去に進出した小型企業は既に淘汰され、現在ではある程度の規模があるプラスティック靴工場なども、従業員などの問題で大きな困難に直面しています。

問：現在台湾のサービス業が進出していますが、貴社の中国での流通経験は台湾の他業種に比べて早かったのでしょうか？中

国での流通の開拓では、特に日本企業とはどのような提携を
経験しましたか？

答：第一に、流通は日本と提携せずに自分で構築していました。
自分の流通を行う上で他の人の考えが一致しているとは限ら
ず、相手はブレーキをかけるだけだからです。一方がお金を
払い一方が商品を出すので、こちらに物を売る能力があれ
ば、相手は商品を与えてくれるでしょう。

問：それでは、あなたは顧客の良し悪しが判断できるのですね？

答：もちろんそうです。もし判断できないのであれば、社会でや
っていけますか？

台湾企業の中国投資は日本企業より実務的で柔軟性を備える

問：それが台湾企業の柔軟性ですか？

答：台湾と中国のルーツは同じなのです。皆さんも中国の業者が
「大丈夫、問題ない。」と言いながら後には大きな問題があ
ったという経験があるはずです。その口癖が出れば、日本人
は大丈夫と言うなら大丈夫だろうと思ってしまいます。習慣
的な言葉の使い方は、実は様々な状況を示しているので、同
じ文化を持つ台湾人でないと奥に秘められた事実を判断でき
ないのです。

問：日本人の要求は厳しいですか？

答：日本側は会社の政策と照らし合わせて要求をして来るので、当然要求は厳しいです。しかし、交流を続けていれば、感情も生まれます。日本人は大変慎重なので、誰かに引っ張ってもらわないと進出する勇気が出ません。台湾では俗に「前を行けば虎に噛まれる心配をし、後を行けば妖怪に連れて行かれる心配をする」と言うように、彼らは真ん中を選びたがるのです。

問：流通にはどのような条件や教訓がありますか？

答：まず会社には良い人材が必要で、良い人材に対しては良い待遇が必要、これが基本条件です。いかに優遇するか、それこそがノウハウ。当事者と経営者に優遇の意向があるかどうかを判断しなければならず、優遇とはお金を出せばいいわけではなく、その中には経営管理上の要領が必要ですね。

台湾企業の人材現地化が問題に直面

問：中国スタッフについては、現地化の問題に関わったり直面したりしていますか？

答：はい、私は一昨年か昨年から、現地の従業員を増員し、この計画は今も継続しています。しかし、中国企業の状況と台湾の30年前の状況が同じで、従業員が自分の気持ちのままにくら替えをするという状況がひどいのです。現在では100人中1

人か2人が長期的な育成に耐え、他の8割は期待を持てない状況です。よって、私たちは現在自分たちのやり方で専門的人材を育成し続け、現地の育成率は低いものの、見つけることは可能です。この状況の改善には時間が必要で、10年もすれば良くなるでしょう。今は育成した人材を他人に使われてしまうのも仕方ないのです。

問：**待遇が良くないのではないでしょうか？**

答：そうではありません。彼らの態度は一過性のものです。本当に良くないのでしょうか？待遇は台湾と同じレベルです。良し悪しは、当事者の捕らえ方が重要です。自分で会社を開業できたことに気分を良くして、うぬぼれている態度の人は長続きしません。人材の現地化は困難ですが、それでも克服していかなければなりません。彼らを蔑視するのではなく、一方的な願望でもなく、彼らの仕事範囲を少しずつ計画していきます。彼らを良く観察し、もし安定すれば現地の人材を社長にすることも可能です。もし満足できず、「大物の上に立つより、小物の上に立ちたい」という態度であれば、適切な職位につかせることは難しいでしょう。

問：**幹部への信頼はどうですか？**

答：一流の都市は給与が高いですが、信用度は良好ではありません。二流三流の都市では異なり、管理者が従業員を重視することで、割と長続きします。ある会社では現地の人材を育成

し地盤を固めたのですが、それは二流三流の都市でのことです。上海や広州などの一流都市ではそうはいきません。全国から清華大学や北京大学を卒業したような、聡明なエリートがここに集まります。中国人はとても頭が良いのです。台湾でも30年前は皆社長になりたいと思ったものでした。

問：台湾のサービス業はECFA締結後に中国市場に進出するにあたり、どのような状況に遭遇するでしょうか？

答：今から初めて中国大陸に進出するなら少し遅いかもしれませんが、ECFAを足がかりにすることでチャンスがあるでしょう。

問：ECFA締結後における両岸の双方向投資について、どう思いますか？

答：開放してこそ相手の投資が得られるという概念が必要です。例えば中国が台湾に来て不動産を買うとして、それらの不動産は台湾の領土なので、台湾の法令に従わなければなりません。よって、一般的な考えを改善し、あまり規定を厳しくしすぎないようにすべきです。多くのことは少しの調整が必要なのです。私たちにとって必要な相手の資金を、どのような方法で獲得するのか？規定だらけにするのではありません。私たちは一方的に共産党が規制緩和をすればするほど良いと望んでいますが、同じく私たちも相手に対してガードすることばかりを考えてしまいます。共産党も同じ中華民族なので

す。もし規定だらけにすれば、相手もこちらに投資すること
に疑問を感じてしまいます。互いに投資をする上で大切なの
はここなのです。政府は頭をリラックスさせ、いかにして彼
らの資金を得るかということに思考を向けるべきです。

政策の開放思考とフォローアップでこそ作用が発揮される

問：彼らの本社は華やかな体裁が欲しいようですが？

答：私は大胆にも中国を疑っている役人たちに、そんな事ばかり
考えるなと忠言をしたいです。法令を守りながら物事を行う
のが筋ですが、責任を持って自分が正しいと思ったことには
突き進むことが必要です。そうでなければ、互いの政府を比
べた時、台湾政府に魅力が欠けていた場合、私たちは競争力
を失います。物事は数をこなすべきで、障害にぶつかったと
しても恐れないことです。台湾は何を持って中国と渡り合う
のでしょう？現在の基礎は、かつて中国への投資で経済開放
を行った中小企業が築き上げたもので、今日の中国の姿があ
るのです。

　過去に私たちは台湾で30年という努力を経て、彼は10年の
期間で技術と資金を引き入れました。中国の加工輸出では税
制の問題があり、台湾の経験を学習できるのではないでしょ
うか？

　最後に、私は「努力さえすれば何でもできる」と思ってい

ます。まず、台湾政府の役人は自分の思考を修正すべきで
す。そして台湾は自社の能力を育成し、リーダーシップを取
るべきです。能力がないと人はついて来ません。企業の名誉
と人材の育成、経営力は全て関連しているのです。

問：**人材こそが資本でしょうか？**

答：その通りです。サービス業は人材が資本であり、成功のカギ
は企業の人材にあります。同時に、日本企業と向き合う時、
相手とたくさん交流し、お互いを理解しなければ分かり合え
ません。産業、政府、学界における交流以外にも、企業とし
ては実際に相手企業と交流をする必要があります。

　企業以外には、交流プラットフォームまたは政府が、日本
人を引きつける台湾企業の魅力はどこかということを探し出
す必要があります。そして、仲介すれば日本人の力になるこ
とが出来ますが、あなたに実力がなければ、逆に日本人から
軽蔑されるでしょう。台湾企業の特別な部分を日本人に理解
してもらい、互いの交流を促進する、という機関が台湾には
不足しているのです。

　私たちの企業には開発部門があり、将来有望な物品を持っ
て来て作っているのと同時に、日本の中小企業の新しい商品
を探しています。

問：**貴社はシリコーンの専門だけではないようですが、シリコー
ン以外の多角経営を行っていますか？**

答：私たちはシリコーンに対してはプロだと思っています。しか
し、私たちの顧客には更に多くのサービスやもっと違った商
品を提供したいと願っています。カゴの中にニワトリの卵だ
けではなくアヒルの卵などもあるような状態を目指して努力
しています。

問：**少なくとも貴社には販路があるのではないでしょうか？**
答：はい、あります。私たちには3000〜4000という広い層の顧客
があります。営業スタッフが顧客を訪問し、シリコーンだけ
ではなく周辺の物品を売っています。よって、私たちは中身
のある商品を開発すれば、記念品かプレゼント用に限られた
としても、顧客は何千とあるので、毎日の売上げだけでも大
変なことです。私は「最少コストで最大の投資と未来の開
拓」が必要だと思っています。

問：**康師傅食品の店舗で飲料を売るのと同じですね。**
答：そうです。1つの商品で1銭の儲けしかないとしても経営して
いかなければなりません。「薄利多売」でも良いのです。そ
れこそが私の言う「1円少なく稼ぐ」という理論なのです。
　　初期の大企業が中国で投資をしたスタイルを研究できると
思います。その時はいかにしてあのように多くの人材を集め
ることができ、今日の地位を獲得できたのか、2つ目には、い
かにして経営をしてきたのか、という点です。例としては、
大潤発や全家などの企業です。

問：将来台湾のサービス業が中国に進出することで、利用し合うことになる恐れはありますか？販路が良好なものは、比較的容易でしょうか？

答：例えば康師傅の牛肉麺がこのように普及したのも、まずはこのような市場規模があり、セントラルキッチンがないと実現できませんでした。特に中国では、人々の日常的な消費に対し、「十二五計画」内で基本的な努力を行いました。高級品については、アップルが言ったように、iPhoneやiPadの最大の市場は中華圏なのです。

問：経験豊富な台湾企業の多くは中国で稼ぎたいと望んでいますが、共産党への理解が十分ではないのではないでしょうか？

答：共産党は必ず法律に基づく国づくりを行っており、民主主義も学んでいると思います。しかし、人の通った足跡は必ず残り、やりすぎるとコーヒーを飲もうと誘われて過去の記録を見せられるでしょう。その時には、後悔先に立たず、例え良い関係を築いていたとしても意味がありません。

付録：信越化学と崇越電通の会社概要

A. 信越化学

商　　号	信越化学工業株式会社（東証一部上場企業）
設　　立	1926年9月16日
所 在 地	東京都千代田区大手町二丁目6番1号
資 本 金	1194億円
売 上 高	9168億円（2009年度）
従業員数	2647人（単独）、16955（連結）
主要製品	PVC、化学品、シリコーン、半導体シリコーン、電子・機能性材料、機能性化学品
代 表 者	代表取締役社長 森俊三
URL	www.shinetsu.co.jp
海外拠点	マレーシア、韓国、中国（浙江、蘇州、上海、香港）、台湾、シンガポール、インドネシア、フィリピン、タイ、オーストラリア、イギリス、オランダ、ドイツ、アメリカ

B. 崇越電通

商　　号	崇越電通股份有限公司（台湾株式店頭公開企業）
設　　立	1981年
所 在 地	台北市市民大道四段102号14楼
資 本 金	5.568億台湾元
売 上 高	68.8億台湾元（2010年，連結財務諸表。電子事業グループは含まず）
従業員数	164人（海外込み）
主要製品	日本信越化学のシリコーン関連製品の代理及び販売、シリコーン二次加工品の開発及び販売
代 表 者	翁俊明 董事長
URL	www.topcocorp.com
海外拠点	中国（北京、蘇州、上海、香港、広州、寧波）

世界の潮流と日本企業の方向
―日台の戦略的国際分業―

高寬
（元台湾三井物産代表取締役社長）

─── 内容のポイント ───

│日本の産業成長と発展の問題点│

•

│日本の産業構造のメリットとデメリット│

•

│世界のボリュームゾーン市場を牽引する中国市場│

•

│日本企業の強さ│

•

│日台戦略的連携とアライアンスで成長市場を開拓│

•

│日台の信頼が創造する機会と商機│

　マクロ的に見ると、1990年より現在までの20年間で日本経済は殆ど成長しておらず、失われた20年と言っても過言ではありません。日本のGDPも殆ど成長しておらず、日本の歳入歳出も伸びておらず、個人の給与所得も成長していません。しかし、この数字にあるキーポイントはこの20年間でエネルギーと日本円の大幅上昇という点です。昨年、日本の経済産業省が〈産業構造ビジョン2010〉にて、〈日本の産業が直面している現況と課題〉について分析、検討しましたが、次の注目すべき点があります。

　第一点は日本は自動車産業等、特定のグローバル製造業に過度に依存しています。また、GDPに占める日本の輸出依存度は17%であり、その他の国、例えば韓国の55％、ドイツの48％、UE40％と比較して、非常に低く、内需に依存しているという実態が浮き彫りになっています。その内需が低迷し、日本国内では各企業が消耗戦を戦っている傾向があり、同時にそれ自身が低利益体質(その利益率は海外地区の半分)を助長させている結果となっており、企業の大胆で素早い投資を困難にさせています。日本の内需依存型産業は1つの鍵なのです。即ち、高品質、高性能を要求される内需によって継続的に新たな技術革新を行い技術進歩をする一方、廉価でよい品質を求める新興市場には対応できないという点です。

日本の産業成長と発展の問題点

● 企業のビジネス様式面での課題（技術では勝って、事業で負ける）

　日本企業は前述の通り新しい技術を開発し、当初は世界で大きなマーケットシェアで市場を占有しますが、次第に日本製品のマーケットシェアは低下する傾向にあります。例を挙げると、液晶パネルの世界のマーケットシェアは1995年に100%でしたが、2005年にはわずか10%になってしまいました。DVDプレイヤーは1997年の95%が、2006年には20%に落ち込みました。製品の付加価値を創出しようとする場合、日本が成功したその戦略は「垂直整合の自家様式」であったものが、変化する世界市場に対応し、グローバル化によって「モジュール分業方式(ブラックボックス/公開国際標準に戦略的に参与)」に進化しましたが、日本の企業は垂直分業を国際分業に上手く転換できず、世界的な情勢に対応できなかったことが「技術で勝って、事業で負ける」となっている原因といえます。

　日本経済はデフレにより20年間は低迷したと言われてますが、よく分析するとグローバル化という大きな国際分業の変化が浮き彫りになってきます。冷戦終結が起点となり1990年以後に大きな変化がありました。冷戦時期の資本主義国家と共産主義国家の間には非常に大きな格差や溝が存在していました。この溝はCOCOM（国家安全）が原因であり、資本先進国の中では分業提携が展開できましたが、この溝を越えることは非常に

困難でした。その理由として、ここでは国家安全の問題に直面するからです。現に旧ソビエトとアメリカの貿易額は50億米ドルでしたが、今や米中貿易額は5000億米ドルに達し世界が一体化したということです。これが意味するのは、冷戦終了後、この溝や障害が撤廃され、先進国の資本、技術、人材が発展途上国に投入され途上国の安い労働力と豊富な資本によりグローバル化が進展する土壌ができ、現実化したということです。EUではいち早く家電の組み立て工場は殆ど安価な労働力が確保できる中東欧圏に移転したのも当然の現象です。アジアでは一体どんな情況が発生しているでしょうか？世界で最も豊富な安価な労働力があった中国がこの世界のグローバル化の核となったのは当然のことです。現在パソコン、携帯電話の組立て、それからファッションの縫製等、労働集約的な産業の生産は殆ど中国で行われています。結果的に中国に大量の資金が流入し、インフレ傾向が継続し、一方、日本をはじめとする先進国では却ってデフレが生じていることはグローバル化がもたらした当然の結果です。

日本の企業構造のメリットとデメリット

　前項で述べた冷戦終結以前（1990年以前）は先進市場（高品質、多機能、高価格）の要求に対応すべく大企業を中心として中小企業群を有した、垂直整合企業群を構成し新たな製品を先進市場(主に、欧米日)に販売し成功してきました。これは日

本の独特で、非常に得意な生産形態でした。日本では大企業は
0.8%しかなく、残りの99.2%は全て中小企業に属していること
からも多層のピラミッド企業群が想像できると思います。大企
業が主導するこの垂直統合形態では、企業群全体として技術開
発、革新が行われ、技術が企業群内で伝承されるという、技術
発展に有利なことです。反対にデメリットは、企業群は閉鎖的
で国際水平分業がないことから、コストが非常に高いことで
す。1990年以降、グローバル化が進み、新興国を中心とするボ
リュームゾーン市場が急成長しこの市場の要求は先進市場と異
なり単機能、高品質、廉価というものであり、国際分業無しで
は中国を中心とする膨張するこの市場に対応が出来なくなった
ということです。では、グローバル化はどのような変化をもた
らしたのでしょうか？過去の先進国家と発展途上国の間にあっ
た障害は埋められて、地域毎に経済圏を形成しました。地域の
経済圏では、資金、人材、技術が整合され、国を超えて経済圏
全体でそれぞれの国の特質を活かせてUNIT化が進みました。
例えば欧州連盟、NAFTA、それから今検討されているアジア
経済圏のように、FTAを通じグローバル化が深化しつつありま
す。これらの地域内で分業が現れてきたのです。仮にアセアン
・プラス3(日本、中国、韓国)＋(台湾)がすでにFTA/EPAを調印
して、全世界の供給及び需要の大経済圏ユニット化を牽引する
とした場合、アジア経済圏の形成によって、各国の優勢を活用
した国際分業体制がさらに明確になります。全体的に言って、
現在の国際分業は大きく3ブロックに分けられると思います。

即ちグループ1、2、3です。

- グループ1：R&D開発国家を意味します。例えば日本や欧州連盟です。
- グループ2：技術レベルが非常に高い地区です、言い換えればOperation Know-howに長けた地区で、例えば台湾や韓国、そして今後の中国です。
- グループ3：労働力密集型の生産地区、例えば中国、東南アジア、西南アジアで、異なる産業発展性を有しています。

　2000年より前、市場は全て先進国の市場に集中していました。例えば欧米や日本です。国際分業で言えば、前述のグループ1、2、3に分けた様式が成功するモデルでした。先進国には非常に大きな市場があり、自動車やパソコンに限らず、その製品は高機能或いは多機能で高価格だったからです。しかし2000年以降になると、先進国のほかに大量消費の市場が現れてきました。大量消費市場の出現は単機能、高品質そして廉価を追求しています。現在、1400万台を超える世界最大の中国市場における自動車の主要需要は安価な500ccですが、例えばトヨタではこの種の安価な500cc車は生産できません。これが、技術では勝って、事業で勝てないということです。。

世界のボリュームゾーン市場を牽引する中国市場

　ボリュームゾーン市場は、1995年から2005年にかけて中国

が迅速に発展してきました。この10年間で中国には4.3億人の中産階級が増加、インドとアセアンの中産階級が約1億人増加して、アジア全体でこの市場の増加（総数ではなく10年間の増加人数）は約6.3億人でした。6.3億人の市場増というのは日本市場の5倍の市場が新たに出現した、または、EU、NAFTAと同規模の市場が新たに出現したと同じことです。そう考えればボリュームゾーン市場が如何に大きなもので先進市場を凌駕しているか理解できると思います。確かに中国で成長した富裕層は1億2000万人を超え、日本の市場規模に匹敵する市場があることになりますが、その下にいる中間層市場を如何に捉えるかが事業で勝つ鍵となります。例えば液晶テレビを例にして、野村総研の分析によると、2008年2月時の約34%から2009年には23%前後に下がりました。日本製品は先進市場向けであり、中国の沿岸の大都市を中心とする富裕層市場（先進市場）には対応できますが、急成長し続けているボリュームゾーン（地方市場）にはなかなか入り込むことができません。ここでの分析は先進市場のやり方が使えず、通じません。安く、しかも機能が充実していなければなりません。中国ではこのボリュームゾーンは約7億人の市場です。

　野村総合研究所の分析によると、沿岸都市と地方(内陸)都市のビジネス様式は全く異なります。このような情況下では、異なる面で個別の対応戦略を採取しなければ成功しません。まず、製品サービス面についてですが、沿岸大都市では日本及びグローバル経験を十分に運用しなければなりません。「日本製」、

「世界同時販売」を強調することです。内陸都市の商品企画は現地化して、「現地生産」、「低価格規格」を強調しなければなりません。価格帯については、沿岸都市では付加価値をアピールしますが、内陸都市では付加価値と大量消費を合わせて考慮しなければなりません。販売チャネルでは、沿岸で直営店及び量販店を中心に展開し、日本人駐在員が管理を行います、内陸では直営店と現地の代理店網を通じて販売し、当地の幹部が管理します。広告宣伝面では、沿岸がメディアを十分に運用して、グローバル性や「日本製」にフォーカスを当てます。そして内陸では現地の特定メディア運用して、実質利益や「民族性」を強調しなければなりません。組織構造面では、沿岸は中央集権で整合能力を発揮し、日本がコントロールします。内陸では地方分権が必要で、独立した地方販売会社を通じて地縁や人脈を形成します。人材管理方面では、沿海で中堅専業人材、日本語人材を重視し、OJTで育成できます。内陸では人材育成、研修システムを構築して、自社で人材を育成します。最後に研究開発では、沿岸都市は全世界のR&Dと提携して、最先端技術の研究開発に投入できますが、内陸都市では地方大学や現地で創設された会社と提携して、低コストの部品開発に投入します。

日本企業の強さ

　では、日本企業は競争力があるのでしょうか？低迷しているといわれる20年間、日本円は常に値上がりしており、貿易収

支は黒字基調が継続しています。中国の貿易黒字は世界一ですが、その貿易構造は、台湾、韓国、アセアン等（前述のグループ２の諸国）に対しては大幅赤字で、欧州連盟やアメリカに対しては大幅黒字となっています。この貿易構造は現状グループ3の中国がグループ２の諸国から、部品や機械を輸入し、その部品を組立てた後、先進国に輸出するという労働集約的貿易黒字を意味しています。日本の貿易構造は中国に対して大幅黒字である台湾、韓国、アセアン等（グループ２）の諸国に対して約8.1兆円の大幅黒字であり重要部品、精密機械を輸出しています。

　即ち、グループ２の諸国は日本に対して貿易赤字であり、中国に対しては貿易黒字で、中国はアメリカや欧州連盟に対しては貿易黒字であるとの構造です。

　グローバル化により国際分業の特徴がグループ別に明白に数字で現れてます。これは何を意味しているのでしょうか？日本は最終製品のシェアは低下していますが、その製品の高品質の重要部品は日本が優位であるということです。その高品質の重要部品は、垂直統合によって培われた中小企業の高い技術力に支えられて素晴らしい製品を作ることができるのです。先進技術は失敗を重ねてアナログ技術の試行錯誤によって開発され、そのアナログ技術を支えている専門作業者（職人、匠）に対し日本人は尊敬の念を持っているという歴史的企業文化が根底に流れているのかもしれません。例えばエンジンは粘土で模型を作り試行錯誤を重ねて開発しますが、これは職人の努力によっ

て支えられています。しかし、アメリカではこれらの職種はブルーカラーであり余り重視されていません。

　日本とドイツは中小企業や専門作業者の技術を非常に重視していることが自動車産業で日本とドイツが技術的優位にあることと無関係ではないと思います。他にも日本企業の優位性、強さの要因がありますが、ここでは省略します。

日台戦略的提携とアライアンスで成長市場を開拓

　日本企業の強さで説明した通り、引き続き技術でリードする基礎はもっており、その地位を維持するべきです。技術でリードすることによって先進市場にて優位に展開し続けることは可能ですが、残念ながら、現在、急成長を遂げているボリュームゾーン市場には対応できない構造になってきています。この傾向はどの国においても同じで一つの国で先進市場とボリュームゾーン市場と共に優位に展開できなくなってます。これがグローバル化であり経済圏が必要になって、企業間の国際連携が必要となってきている理由です。グループ１の企業は先端技術を継続的に開発し保有していなければなりませんし、グループ２の企業は如何に優れた製品を廉価で市場に提供できるか追求し続ける必要があります。即ち、グループ１の企業は先進市場に特化し、グループ２の企業はボリュームゾーンに特化し、それぞれの企業の優位性を深化させ続けることが必要です。その上で両市場を凌駕する最も競争力がある企業群形態はグループ１

の日本企業とグループ２の台湾企業が連携することです。単な
る連携ではなく、長期的経営戦略を共有し、役割分担を明確
にする必要があります。ボリュームゾーン市場での優位性を持
つため、同市場向けに日台企業でJ/V（ジョイントベンチャー
（共同出資会社）を作り、他企業に優位性を持つことです。先
進市場と大衆消費市場でその責任を分配すること（日本企業は
常に技術革新を行い、必要に応じてJ/Vに技術を提供する。台
湾企業は高品質、廉価の製造技術を提供し中国市場を開拓す
る）が、戦略的連携のポイントです。従って、台湾と日本はお
互い長所、短所を補完し合って、世界で最強の企業連携ができ
る可能性を持っています。例えばブランド戦略ですが、セール
ス戦略は作った製品を如何に売りさばくかという戦略。マーケ
ティング戦略は市場の要求を汲み取った製品を作り販路を広げ
る戦略。ブランド戦略は顧客が商品を継続的に購入し続けるよ
うにする戦略です。例えば、女性はLVを購入しますが、彼女
は同じブランドの品物を引き続き購入します。これは産業上で
も同じことです。ブランド戦略を構築するためにはマーケティ
ング戦略に加え、一段上のサービスや新技術を付加して顧客の
要求を先導することであり、各市場にこのようなバリューチェ
ーンを構築するための日台戦略的国際連携が最強であると考え
ます。台湾政府が提唱しているMMVV戦略も同様な考え方と
理解しています。各市場でのブランド戦略は特化したマーケッ
ト戦略であり、高品質で廉価な商品を提供することができ、ま
た先端技術も擁しています。時間に限りがありますので、最後

の結論に入ります。世界の構造は、冷戦以後、世界全体の構造が大きく変わり、3つのグループに分かれました。同時に大量消費市場が非常に重要な市場に変わりました。そして区域の国際分業が引き続き行われて、異なるグループ、例えばグループ1の日本とグループ2の台湾は、アジアの中で長期戦略的連携を行い、集合企業体にする基本的な思想が必要です。日台の戦略的国際分業は、台湾の企業には以下の優勢があります。大部分は同一民族(文化、習慣、言語)に属し、また地方自治体との関係(人脈と政府関係)を有しています。同時に政治/社会変化に対応でき、しかも量産技術を擁していて、現在すでに全中国に深く入り込んでいます。そして日本企業は以下の優勢を有しています。技術の研究開発能力、工程管理能力、内部整合制度等です。両社が提携すれば、私は台湾企業と日本企業がアジア及び中国市場を開拓するベストパートナーになると思います。また、台湾と中国の両岸関係は、良好な国際関係に属し、この機会を利用して貿易立国を形成しなければなりません。国家を超越して共同体を形成すること、国際的な分業体系を形成すること、これこそアジアが今後進むべき方向性です。

日台の信頼が創造する機会と商機

　最後に最も重要なのは、国家間、企業間、経営者間、人間同士の信頼関係です。日本と中国でのアンケート調査によると、両国とも相手国を信頼する人は少ないようですが、台湾と日本

ではお互いに信頼できる国だとする人はどちらも50%を優に超えており、この信頼関係がビジネス以前の基本的な基礎となります。、特に今回の東北大地震では、台湾から最も寄付金が寄せられました。また援助物資も最多でした。これらは両国の間に密接で厚い信頼関係があることを示しています。従って、日本が現在置かれている情況は苦しいですが、上下一致団結する心で、一日も早く復興し、台湾と日本の提携関係を強化することが、さらに大きな提携機会を創造できると信じます。

日台アライアンスの機会、
挑戦並びにビジョン

金堅敏
（日本富士通総研経済研究所主席研究員）

───────── 内容のポイント ─────────

│日本企業は台湾企業の生産と販売ネットワークを善用│

●

│台湾企業にある伝統的優位性が直面する挑戦│

●

│日台アライアンスが持つ代表性│

●

│日台アライアンスはフレキシブルな戦略と技術資源を採用│

●

│中国内需市場開拓における日台アライアンスは
マルチ・ウィンの局面を創造│

　中国の「改革開放」政策が実施された後、日本が有すグローバル・ブランドや技術の優勢が十分に発揮され、同じく台湾が有す現地市場の優勢(中国における人脈、現地ビジネス習慣に対する理解、現地政府との関係等)も十分に発揮されました。また低コスト生産の日台企業アライアンスが中国で成功した多くの事例がありました。日本企業にとって、以下の各面に台湾企業と展開するアライアンスの原動力があります。

日本企業は台湾企業の生産と販売ネットワークを善用

● 台湾企業が中国で有す生産と販売ネットワークが利用可能

　生産分野で、台湾企業の生産基地を利用することで中国投資のリスクを軽減或いは避けることができます。また、台湾企業が有す低コスト生産の専有技術を活用することもできます。早期の日本のPCメーカーやその他家電メーカーが資本関係のない台湾のEMS企業に製品生産を大量に委託しましたが、わずか数年後にはまた電気炊飯器等の白物家電及びフラットパネルテレビ等に拡大され、製品分野は絶えず拡大して来ました。しかし、販売分野で台湾企業が中国に有す販売ネットワークを活用して成功した例は少なく、販売分野でのアライアンス難度は比較的高いように思われます。

● パーツユニットの供給業者として台湾企業の優勢を活用

　特に自動車、電子、電気及び食品飲料分野での事例が比較的多くなっています。例えば、台湾の自動車部品メーカー「六和機械」は1992年から2005年までの間に、計8社の日本企業と中国に12の提携会社を設立して、日系自動車メーカーに部品を提供しています。また、資本関係はないものの、台湾企業と部品調達関係を築いた日本企業も少なくありません。

● 台湾市場を中国進出の試験台として利用し、台湾企業と提携する

　政治的要素により両岸統一が実現するか否かは別にして、台湾と中国は文化、言語、消費習慣等で同じか似ているところがあり、台湾企業との提携を通じて台湾を中国進出の試験市場とすることができます。この種の提携方式は小売や内需業界に比較的集中しています。例えばファミリーマートと「頂新グループ」(中国に非常に多くの経営資源を有す)が提携して、まず台湾で台湾ファミリーマートを展開しました。その後「頂新グループ」との提携の下で中国上海に進出して大きな成功を収めました。最近も、ABCマート（靴類小売業）、富士フィルム等の企業が中国市場に進出する前に、台湾で予習する事例がありました。

台湾企業にある伝統的優位性が直面する挑戦

　しかし、日本企業にとって、近年は台湾企業とアライアンスを組成する原動力が弱まってきています。日本企業から見た場合、台湾企業の優勢、特に生産分野での優位性が下降しています。以前、中国市場に進出するために香港の優位性を利用した欧米企業にも似たような現象が発生しました。日本企業に対する研究を通じて、以下数点の理由に帰納させることができます。

● **日本企業自身に多くの中国経験が蓄積された**

　中国事業の拡大と深化に伴い、日本企業自身も現地の制度環境や文化環境、経営環境等に適応し始め、大勢の本社並び現地の人材を育成して、多くの経験を蓄積しました。また、多くの企業が中国で台湾出身の管理並びに経営人材を採用しています。従って、台湾企業が有す伝統的な優勢(言語、人脈、ビジネス習慣等)が下がり始めました。つまり、日本企業の中国でのビジネス活動が増加するに連れて、提携先である台湾企業の作用や台湾企業から得るものが縮小してきたのです。さらに一部の日本企業は提携先である台湾企業の出資部分を買い戻し始めて、独自資本経営或いは新しい提携パートナーを探そうとしています。

● 一部台湾の有力企業との競争が激化

　多くの技術や産業経験を蓄積した一部台湾OEM/ODM企業或いはEMS企業が、中国で供給業者からすでに有名なブランド企業に成長しています。例えば、世界PC市場でトップ3にある「宏碁(Acer)」、中国市場で著名なブランド「康師傅」、「旺旺」などがあります。「頂新グループ」、「旺旺グループ」及び「統一グループ」等はすでに日本のブランド企業と競争を展開する能力を持つまでに成長しました。これら強勢のある台湾企業は日本企業にとって1つの外注供給業者或いは販売会社であることに満足せず、ある企業はすでに日本企業とのアライアンス関係を解除して、自社ブランドを応用したビジネス活動を行っています。

　これらの競争環境が大きな変化を発生させた背景の下で、一部日本企業も積極的に台湾企業とのアライアンスを推進する政策を、競合他社への技術流出を防止する、或いは競合他社に買収されるのを防止する政策に調整し始めました。

● 台湾企業以外の大中華圏企業の一部が有力企業に成長

　一部中国企業の技術水準や品質管理能力が大幅に向上して、その経営能力も台湾企業と同一レベルに達しています。中国市場開拓を最優先経営目標にしてきた日本企業は、現地企業の主役である中国企業を提携対象に選択するのも当然の成り行きです。ダイキン空調が「格力電器」を選択し、三井化学/三菱化学が「中石化」(Sinopec)を選択した等の事例は増え続けている。

日台アライアンスが持つ代表性

　日本では日台企業アライアンスに関する報道が少なくなり、日本企業と中国企業の提携報道が絶えず増加しています。従って、日台アライアンス方式には創新並びに新しい活力の注入が必要になってきました。

　以上で見てきたように、日本企業は東南アジア生産ネットワーク構築の中で、大量のアライアンスを採取しています。特に、日本企業と台湾企業の日台アライアンスはその代表的なもので、提携も完璧です。日台アライアンス形式の提携は台湾地区だけに留まらず、1990年代以降は中国でも大量に展開され、その後はまたベトナムやタイ等東南アジア諸国に拡大されています。しかし近年、日本企業のアライアンスは生産分野だけに留まっていません。中国市場を開拓するため、ますます多くのアライアンス活動が販売並びに研究開発分野に向かっています。しかも、アライアンスの目的範囲も海外事業自身に留まらず、多くが日本国内事業の再建及び財務改革の面とも結びついて展開するようになりました。

　従って、日本企業が推進するアライアンス戦略はすでに大きく変化しています。特に中国を中心とする新興市場のスピーディな発展と中国企業の急速成長も、日本企業のアライアンス戦略の転換を推進しています。以下、日本企業が展開するアライアンス戦略の新しい特徴を帰納して、日台アライアンスに尽力している台湾産業の参考として提供しましょう。

● アライアンス戦略は生産分野からバリュー・チェーン全体の発
展に向かう

日本企業の最新アライアンス戦略は、すでに過去の生産工程
(OEM、合弁生産、部品調達)の供給チェーン提携から、研究開
発等の経営サポート体系並びに販売、サービス等の需要に拡大
しています。また、アライアンスの提携内容も単純な生産或い
は調達工程から開発、設計、調達、生産、販売、サービス等を
含めたバリュー・チェーンの全体提携に拡大しています。

日本企業のアライアンス戦略はフレキシブルな戦略と技術資源を採用

● 多数株式資本（経営制御権）及び自社ブランドに拘らず、フレ
キシブルな政策を採用

これまでの日本企業(特に大企業)は部品調達、最終製品分野
で極力経営主動権を掌握或いは技術の流出を厳格に管理する以
外、マジョリティーのアライアンスに拘泥していました。ま
た、自社ブランドを優先的に普及させるため、アライアンスの
中で、多くは提携先のブランド或いは新しいブランドの採用を
拒否していました。しかし、市場構造の変化及び本社財務状況
の悪化に伴い、投資コストや経営効率を重視するようになりま
した。また提携先のブランドや新しいブランドも採用するよう
になり、同時に提携先のマジョリティーも認めるようになり、
フレキシブルなアライアンス政策を採取するようになりまし

た。

● アライアンス戦略を通じて技術経営を推進（MOT）

　これまでの日本企業は全て技術流出防止を理由に、できるだけ生産技術及び専有技術を日本国内に残してきました。しかし、保守的な技術政策或いは過度な技術保護政策は、日本が提携中でその優勢を発揮できず、提携パートナーにアライアンスに対する信用を失わせていました。また、競合の激化に伴い、競合他社が自社の中国市場等で展開している同等事業をリードすることを防ぐため、技術保護政策を調整する必要があります。多くの事例が、一部日本企業は保守的な技術政策を変更し、アライアンスを利用して技術を提供することで、技術経営政策を推進していることを説明しています。

・アライアンスを通じて国境を横断した市場を統合し、規模効果を享受

　これまでのアライアンスの目的は大なり小なり全て、供給チェーンの角度から規模を向上させてコストを下げることでした。新しいアライアンスの考え方は、供給チェーンから目標市場に向かい、目標市場の融合を通じてともに規模効果を享受するものです。中国市場が急速に発展していることから、日本市場と中国市場の合計規模はすでに11億米ドル余りに達しています。多くの日本企業はアライアンスを通じて2大市場の主導権を掌握し、グローバル競争に対応しようと希望しています。この戦略構想を実現させるため、中国現地の有力企業との提携を

推進しています。

● 国境を横断したアライアンスを利用して本部事業の再建を推進

　近年、世界金融危機及び円高影響を受けて、日本企業の経営業績維持は非常に困難になっています。また、中長期的に見て、日本国内では老齢化と少子化の進展及びグローバル競争の激化があり、日本企業は効果的な事業整理と構造改革を行わなければなりません。過去に日本企業が常に採取していた新製品開発強化を通じた技術の優勢はすでに極限に近く、事業整理を通じて核心競争力が発揮できる事業に集中するのと同時に、これまで蓄積してきた技術及びその他経営資源も有効利用しなければなりません。

中国内需市場開拓における日台アライアンスはマルチ・ウィンの局面を創造

　従って、一部日本企業はすでにアライアンスは、製品生産や技術開発に有益であるだけではなく、資本効果やキャッシュフロー管理も向上できる効果的な手段であることに注意し始めています。国境を横断したアライアンスは、日本の大型多国籍企業にとって不可欠な経営手段になったと言えます。

　以上の分析帰納から、アライアンスが日本企業のグローバル経営戦略の手段になることは明白で、さらに重要になっていることがわかります。台湾の企業は日本企業のアライアンス戦略思考の変化と結びついて、考え方を転換し、日台アライアンス

の新しい考え方、新しい様式を提出して、中国市場開拓をプラットホームに共同でマルチ・ウィンのプラットホームを構築することで、アライアンスの目標を実現させなければなりません。

日台の企業買収と企業戦略の調整

朱炎

（日本拓殖大学政経学部教授）

―――――― 内容のポイント ――――――

｜日台企業の提携に多様化への変化｜

●

｜日台企業提携と中日企業提携の相違点｜

●

｜日本企業への買収の利害損得｜

●

｜日台提携は日本企業の競争力強化に有利｜

●

｜日本企業の海外シフトと市場分散は台湾企業に恩恵をもたらす｜

　私は日本で教鞭を執っている中国出身の教授で、台湾経済を約15年間研究してきました。どうして台湾の中国投資がうまく行って、日本はうまく行かないのか？台湾企業はどうやって中国に投資しているのか？日本はどうやって台湾と結びつけば中国市場でさらに利益が上げられるか？5年前、私は日台提携問題をすでに研究し尽くしたと思いました。しかし、近年には、日台アライアンスに新たな変化があり、私は再び研究を始めました。

日台企業の提携に多様化の変化

　近年台湾、中国と日本の間で、企業の買収、出資が比較的頻繁に行われています。これらの動きは企業の経営戦略調整の動向を表していて、今後の東アジアの産業構造様式に重大な影響を与えます。また日台企業の提携とアライアンスは中国の内需市場開拓についてもプラスです。日本企業と台湾企業、中国企業の間のアライアンスと買収活動の中で、近年比較的注目されているのは、台湾企業や中国企業の日本における企業買収です。以下、これらの動きについて紹介したいと思います。

　日本は2006年よりいわゆる「Invest Japan」計画を推進し、外国企業の対日投資を誘致しています。日本政府はアジア各国の投資誘致を強化していますが、日本の外資誘致は結局欧米企業に絞っています。実際、日本に投資するのは主に欧米企業で、アジア企業は比較的に少ないです。そのうち、台湾企業や中国

企業の投資はさらに少なくなっています。

　台湾企業や中国企業の日台投資がこのように少ないのに、どうして日本で大きな反響があるのでしょうか？その理由は主に製造業分野の企業買収だからで、しかも日本の製造業企業の構造調整に対して、競争力向上に非常に大きな効果があるからです。例えば、聯想(LENOVO)とNEC、鴻海(FAXCONN)と日立のディスプレイ部門、友達光電(AUO)と日本太陽電池との間の買収、及び旺宏(MACRONIX)による日本の発電所権利購入などの事例がある。これらの日本の企業を取り巻く環境の変化と日本企業が新しい変化に適応するためにどのように転換するのかを観察できると思います。日本経済はすでに20年停滞していたのですから、国内市場が成長しない場合、積極的に海外市場拡大に向かわなければなりません。海外市場のなかで、中国市場は日本にとって最も重要となり、これがその変化の1つの背景です。中国市場においては、日本企業はハイエンド市場或いはミドルエンド市場で一定のシェアを獲得しました。日本企業はよい技術があっても、大きな市場がなければ、競争力のある産業を形成させることができません。従って、提携を通じて需要を創造しなければなりません。このような背景のもとで、日本企業の戦略調整行為を観察し、台湾と中国企業の対応を考えることができます。

　台湾企業の日本における買収活動の対象の大部分は日本の大企業が構造調整中で放棄した工場或いは子会社で、しかもその多くが長年取引のあった日本企業の要請に応じて行っていま

す。何故なら、放棄された工場或いは子会社を台湾企業が引き継いだ場合、日本企業は経営資源を発展戦略性のある核心事業に集中できるからです。加えて、日本企業と台湾企業は経営理念や経営方式が比較的接近しているため、日本企業も安心して台湾企業に買収され、従業員がリストラされたり技術が流失する心配がありません。従って、日本は比較的台湾企業の投資や買収活動を歓迎しています。

日台企業提携と中日企業提携の相違点

　中国企業の買収活動は日本で愛憎が交錯しています。中国企業の日本での買収は主に中小企業を対象とします。技術があり、ブランドがあり、また販売ルートがある製造業の中小企業は、中国企業にとって非常に魅力があります。しかも、買収するのはすでに破産したか、或いは破綻再生の法律手続きを行っている企業なので、抵抗が小さく、コストも相対的に安くなります。実際、近年中国企業が日本で買収或いは出資した企業の多くはすでに破産した企業、或いは毎年赤字を出して黒字転換が絶望的な企業です。しかもこれらの企業には早くから投資ファンドが介入していて、複数のファンドの間で何度も転売され、再生の見込みがなく、最終的に中国企業がファンドから株式を買取ることが多くなっています。

　しかし、中国企業が日本で行う買収は多くの批判や抵抗に遭います。日本はもともと外来投資、特に外国企業の日本企業へ

の買収を警戒しており、中国企業に対してはさらに反感が増します。中国企業の買収に反対する主な理由は以下の通りです。(1)買収により技術が流出して、日本企業が競合相手を育成することになると考える。(2)中国企業が買収した後、生産ラインを中国国内に移転させ、日本の工場を閉鎖して、人員を解雇して失業させてしまうことを心配する。(3)中国企業が日本企業の経営者になった後、中国企業の経営方式、中国人の価値観や行動方式を日本社会に持ち込み、日本社会に混乱をもたらすことを心配する。(4)最も根本的な原因は、日本の社会では中国が日本よりはるかに遅れていると考え、中国企業が日本の企業を支配する、中国人が日本人を管理することに耐えられないなどです。企業は倒産しても、中国企業に買収されたくありません。また、日本人の多くは中国企業の買収は、日本にとって一種の「脅威」だと考えています。中国企業の日本企業に対する買収は、このような厳しい環境の中で、巨大なプレッシャーを受けながら展開されています。

　中国企業の日本企業買収は実際、重なった困難のもとで行われています。しかし、中国企業にとって、日本企業を買収するメリットもはっきりしていて、非常に魅力があります。1つは日本企業が素晴らしい技術、特許、製品並びにブランドを有していて、買収すればすぐに利用できることです。一般的に、中国企業が日本企業から技術を購入するのは容易ではありません。購入できるとしても、技術者の頭の中にある、熟練工の手先にある技術やノウハウまでは入手できません。技術を購入す

るだけで、自主開発ができなかったら、数年後には再び新しい技術を購入しなければならず、永遠に他人から制約を受けることになります。2つ目に、日本企業には優れて、成熟したビジネスモデルがあり、良好なサービスを提供できることです。買収すればそれを掌握でき、国内の企業に活用できます。3つ目が、中国企業は日本企業を買収する際、割安感があります。中国の株価や不動産価格、及び物価水準と比べて、日本企業の株価は明らかに企業の価値を下回っていて、不動産価格も中国国内より高いとは限りません。

日本企業への買収の利害損得

しかし、日本企業買収で不利な点も多くあります。以下はその主要な難点です。

第1に、日本企業の収益力が低く、日本企業を買収した後も引き続き日本で企業を経営して利益を出すことは容易ではありません。日本企業の利潤率は、売上利潤率或いは資本利潤率など、いずれも中国国内より低く、また香港や台湾などアジア各地並びに欧米各国よりも低いです。日本の不動産市場、株式市場も長期低迷しています。言い換えれば、資金を日本に投入する機会コストは相対的に高くなります。しかも、中国企業が日本で買収する日本企業は基本的に破綻企業か欠損企業で、買収後に黒字転換させることは、利潤率が低い状況のもとで容易ではありません。

　第2に、中国企業が日本で行う企業買収活動は、全ての面で歓迎を受けているわけではなく、いろいろな批判や警戒があり、社会から注目され、監視の目も厳しくなっています。従って、買収後の企業経営は厳格に法を遵守し、社会貢献や社会責任に注意しなければなりません。言い換えれば、日本での企業経営は、中国国内よりさらに厳格にしなければならず、負担も重くなります。

　第3が、一般的に、買収した企業に対しては、経営再建、黒字転換のため、構造調整と改革を行い、余剰人員をリストラしなければなりません。一部の黒字転換ができない事業や、本業と関連せず、必要としない事業を閉鎖もしくは売却する必要があります。しかし、中国企業は日本でこれを行えません。何故なら、日本での中国企業の買収はもともと警戒され、経営活動への監視の目も厳しいことから、批判を避けるため、買収後の企業を引き続き日本で経営しなければならず、また、人員をリストラできず、工場移転や閉鎖もできないため、経営コストが高くなります。このため、経営再建と黒字転換を推進しても、その成果が現れるまで長期間を要します。

　困難が度重なっており、失敗した事例は多いものの、成功した経験も同様に多くなっています。成功事例に共通した方法を以下のようにまとめることができます。買収対象を選択する際、自社の事業と関連がある、経験もある、将来性のある業界を選択して、安ければすぐに買うということではいけません。買収後、まず資金を投入し正常な運営を維持し、しばらくは従

来の経営陣を任用して、リストラをせず、特に技術者を引き留めます。企業の既存の製品を中国にて販売させ、市場を開拓し、拡大することを通じて、企業を生き返らせます。同時に新しい製品を開発して、市場に投入した後、従来の成熟した主力製品を中国に移転し、現地生産します。こうすれば、買収した日本企業の経営は良い循環に入り、技術、製品のレベルアップを実現し持続的な発展も図れます。

　中国企業の日本でのこうした買収の成功経験は、台湾企業にとって、日本企業とのアライアンスの際の参考になると思います。

　約20年間の不況を経験して、日本企業の実力が大きく損なわれました。半導体や液晶パネルなどの分野において、新世代の技術と製品に対する巨額の投資が継続できないため、生産規模が小さく、生産設備も立ち遅れ、技術の発展が断ち切られるなどの状況が現れました。韓国企業に追い越され、台湾企業にも後れをとり、主流製品市場から追い出され、特殊分野或いはニッチ分野で発展の余地を模索していかなければなりません。サバイバルと発展を図るためには、日本企業はアライアンス或いは買収の道を歩み、或いは外部支援を求めなければなりません。外国企業とのアライアンスについて、日本企業の第1の選択は言うまでもなく台湾企業です。台湾企業と日本企業は経営理念、経営方式等の面で比較的類似していて、しかも日本企業の技術を正当なルートに沿って取得しています。従って、日本企業は台湾企業を比較的受け入れやすく、台湾企業と提携でき

ます。第2の選択は中国企業です。中国企業には市場アクセスの優位性があるからです。韓国企業について、日本企業は競争相手と見ることが多く、提携の対象にはなりません。技術が流失した後に、逆襲されることを心配するからです。日本企業が台湾企業とアライアンスを構築する目的の1つは、韓国企業との競争に勝つことです。

日台提携は日本企業の競争力強化に有利

　日本企業は電子や電機並びに機械分野において、技術的な優位性があっても、新しい分野、例えば太陽光や風力発電、電池等の新エネルギー分野では明らかに遅れています。キャッチアップのため、台湾企業と提携するのも一種の選択です。例えば三菱重工と宇通光能の提携がその一例です。同時に、伝統産業の企業は国内市場が縮小する苦境を克服するため、新しい分野に進出し、世界市場で頑張っています。上述の丸紅が発電と電力販売分野に足を踏み入れ、台湾の発電所を買収したのもこのような目的に基づくものです。

　中国の内需市場を開拓し、市場シェアを拡大することは、日本企業の一貫した目標です。当然、中国市場を開拓するために、日本企業は中国企業との提携を強化しなければなりません。しかし台湾企業にも代替できない役割を果たせます。前述した通り、日台企業間は経営理念、経営方式等の面で比較的協調しやすく、中日企業間ではすり合わせが比較的困難です。重

要なのは、日本企業が中国市場で成功を収めるためには、中間層という大市場を攻め落とさなければならないことです。日本企業の長所は高品質高性能の製品を製造することですが、コスト及び販売価格は相対的に高くなり、市場が狭くなるのがその弱点です。中間層消費者の需要を満たすためには、中クラスの品質、中クラスの性能で低価格の消費財、及び企業に供給する中間製品を生産し販売しなければなりません。しかも、日本企業の中国市場及び消費者の需要に対する理解力、中国市場での販売能力は芳しくありません。台湾企業のパワーを借りて、台湾企業とアライアンスを構築することが、日本企業にとって自然な選択です。台湾企業が中国に持っている産業配置と産業集積、研究開発能力や運営販売能力は、いずれも日本企業が持っていないものです。

　上述の日本企業が経営環境の変化に適応するために行った経営戦略の調整は以下のようにまとめられます。国内市場の萎縮、競争の激化に直面して、日本の大企業は「選択と集中」を積極的に推進し、経営資源を発展優位性のある産業に集中させ、非主流、赤字、発展の見込みが見えない事業を放棄して、他の企業の同類業務と合併、或いは国内外の同類企業に売却しなければなりません。同時に、新しい技術分野、或いはこれまでの業務と異なる新しい分野を開発します。中国では、内需市場特に中間層市場を積極的に開拓します。

　このような経営戦略を徹底的に実施する過程で、台湾企業と提携する、ひいては中国企業とも提携することは自然の選択で

す。言い換えれば、台湾企業とのアライアンス自身が日本企業の経営戦略の重要な一環です。そしてその目的の1つは、台湾企業のパワーを借りて韓国企業に対抗することです。

日本企業の海外シフトと市場分散は台湾企業に恩恵

今年3月日本の東北地方に史上最大規模の地震が発生し、日本企業と台湾企業並びに中国企業との提携、アライアンスに大きな影響を与えました。

地震及び地震が引き起こした津波、放射性漏れや停電、及び絶えない余震が日本東北地方と関東地方の産業に大きな打撃を与え、サプライチェーンの破壊により、原材料や部品が正常に供給できなくなり、日本全国の各産業は生産停止や減産に追い込まれました。しかもこのような状況が数ヶ月間続きました。日本企業は積極的に工場設備を修復すると同時に、原材料や部品の代替サプライヤーを探して、1日も早い生産復帰に努力しています。生産回復、代替が速く進まなければ、日本企業は世界規模で市場を失う危険に直面することになります。

地震後、多くの日本企業は国内外の生産配置の調整を考慮するようになりました。日本国内では、生産基地を日本の東北や関東地方から中部や西部に移転させます。或いは中部や西部工場の生産規模を拡大して、損害を受けた東北や関東地方の生産能力をカバーします。海外では、海外工場の生産規模を拡大して、日本国内の生産キャパシティ不足をカバーします。さらに

は生産ラインを国外の工場に移転させます。もともと自社生産の一部の部品を国外のメーカーに発注し、受注を海外に転換します。海外に移転する生産能力と受注は、一部が東南アジアに向かいますが、大部分は台湾と中国に流れます。

　過去に、日本はリスクを分散し、生産基地が過度に中国に集中するのを防ぐため、中国以外の国にも一つの生産基地を残す、いわゆる「China＋1」と称す戦略を打ち出しました。そして現在は「Japan+1」を考慮しなければなりません。上述の日本企業が代替を探し、海外発注、海外移転を行う過程で、台湾企業と中国企業はいずれも新しい機会に恵まれ、日本企業への代替サプライヤーとして、発注を受け、販売を拡大し、産業移転を受け入れるなどのメリットを享受することができます。これによって、日本企業との新しいアライアンスを形成することが可能です。

日台企業ビジネスアライアンス
成功事例：Hello Kittyインナー

陳子昂

（資策会産業情報所主任）

黃郁棻

（銘傳大学傳播管理研究所）

──────── 内容のポイント ────────

｜嘉馥社とサンリオのアライアンス｜

●

｜マーケティング戦略の4P分析｜

●

｜ブランドの革新と認知｜

●

｜ブランド化と付加価値向上の重視｜

●

｜提携成功への７つの要素｜

　嘉馥（上海）服装有限公司は、中国で唯一「ハローキティ」（Hello Kitty）の女性インナーブランドの代理販売をしている。ハローキティは全世界で長年にわたりブランドを確立し、極めて高い知名度を誇っている。若い世代におけるファッション商品の代表格となっており、中国でのインナーブランドとしても成功を収めた。中国の女性インナー市場は競争が激しく、利益を生み出す流通チャネルをつかむため、業者はブランドイメージと流通販路を重視する。

嘉馥社とサンリオのアライアンス

　嘉馥（上海）服装有限公司は2005年7月上海にて登記し設立された。サンリオの授権商品は範囲が非常に広く、多くのジャンルを網羅している。種類別に、食品、玩具、日用品、家庭用品、化粧品、電子機器及び家電製品、アパレル、アクセサリー、CDやDVD、本などに分けられる。消費者年齢層で分けると、ベビー、キッズ、ヤング、成人向けの授権商品がある。サンリオは常に新商品を生み出し、同時に他の授権業務であるクレジットカードや化粧品カウンター、テーマ写真館などにも精力的に展開している。そのため、嘉馥社は日本のサンリオ株式会社及び100％子会社のサンリオ（上海）国際貿易有限公司と契約し、キティインナーの中国での生産と販売代理権を獲得した。サンリオから授権した商品範囲は、多くのジャンル及び「ハローキティ」インナーの中国での生産と販売の独占代理権

と、非常に広範にわたり、主にアンダーウェア、ショーツ、パジャマ、ルームウェアなどのほか、水着やアウター、スポーツウェア、その他小物類などの商品の販売を行なっている。

　サンリオは1960年に設立された、世界でも有数のキャラクターグッズのメーカーである。贈り物が真心を届ける、という経営理念に基づき、サンリオはソーシャル・コミュニケーション・ビジネスの確立をめざし尽力してきた。デザインされたキャラクターは、もはや単純なデザインというもの自体の価値を超えて、「気持ちを伝え、友情を育てる」立役者となった。その中でも最も影響力があるのが、「ハローキティ」である。ハローキティは丸顔で左耳にリボンを結び、小さな尻尾がある、世界的にも有名な子猫である。オシャレな女の子に人気のあるシリーズ商品に、この子猫が現れたのである。キティファンはキティが現実の煩わしさを忘れさせてくれたり幼い頃の夢を見させてくれる、まるで天使のようだと語る。キティはこれまでに30数年間世界でヒットしてきたが、いまだにその魅力は衰えておらず、世界各地で活躍している。女の子が一番心を許せる仲間であり憧れでもあり、女の子が母親になる頃にはその娘と一緒になってキティを好むのである。

　キティのインナーは可愛いイメージと連結し「ヤング、キュート、オシャレ、流行、元気」を主な方向性としてデザインされている。インナーやパジャマを始めとし、キャミソール、水着、アウター、スポーツウェアなど、14～35歳の若い女性をターゲットとしており、全体的に柔らかく温かい色彩を主として

　いる。財布にコミック、バッグ、洋服、ゲーム、携帯、MP3など、キティのキャラクターグッズはどんどん増えている。2006年12月からは、キティインナーのフランチャイズが始まった。すぐに加盟者からの反応が得られ、直接インナー市場の空白―25歳以下という青春期のヤング世代に入り込んだ。ヤング世代はキティに対し高い認知度があるということと、このブランドが提唱する健康的な着衣の理念と優良な品質ということから、キティはこの半年程の短期間内に、30店舗余りのオープンを実現させた。例えば杭州の銀泰百貨店ではフランチャイズの1号店がオープンし、店舗面積は僅か17〜18㎡ながら、毎月約20万人民元を売り上げている。

　嘉馥社は5年間のたゆまぬ努力により、会社全体でのサポートと柔軟なサービスが完全に制度化されたため、商品の研究開発や製造、供給、販売までの一連の操作を自社で行なえるようになった。既に全国各地で順次オープンしており、上海、北京、広州、湖南、ウルムチ、蘇州などの各大都市にはみなキティの女の子用インナーの専門カウンターと専売店がある。現在のところ女性インナー商品の販売を主としているが積極的に市場を開拓するため、会社は女性インナーの各消費年齢層に向けて、それぞれシリーズ商品を打ち出している。キティインナーは特にティーンの女の子の体に合わせた成長シリーズ商品以外に、アジアの女性に合わせた特別なタイプのものがあったりと、他メーカーとの差別化を図り、伝統にとらわれないスタイルで、中国のガールズインナー市場に可愛いパステルカラーの

空気をもたらした。

マーケティング戦略の４Ｐ分析

　マーケティング学の4P分析、Product（製品）、Price（価格）、Promotion（販売促進）、Place（流通、販路）の観点により、嘉馥社のインナー商品のマーケティング戦略を分析する。

一、Product（製品）

　インナーは女性にとって第2の皮膚と言っても過言ではなく、嘉馥社は「機能と感性」というデザイン理念に基づき、現代女性の着衣への需要を満たし、多様化から個性化まで全ての女性の夢を実現した。嘉馥社はブラジャーやパジャマ、ショーツ、水着、ルームウェア、その他の女性インナーを生産しているが、中でもブラジャーに力を入れており、価格別にハローキティのティーンインナーシリーズを発売している。嘉馥は女性インナーの各消費層をカバーしており、バスウェアやカジュアルウェア、スポーツウェアなどの関連商品の開発にも積極的に取り組んでいる。また、将来的にもフランチャイズ店を広げていく予定だ。

二、Price（価格）

　嘉馥社はインナーのシリーズ商品では、18〜35歳のオシャレな若い女性をターゲットとしている。目標の年齢層に向けてデザインされたハローキティインナーにより、全ての女性インナー市場をカバーするためには、それぞれの消費能力内に収めなければならず、17〜18歳と20〜35歳の年齢層に対し、異なる価格をつけている。価格の差別化による基礎顧客（異なる顧客層）に商品タイプ（異なる商品タイプ）を組み合わせ、製品の価格を設定している。

三、Place（流通、販路）

　流通の構造上、嘉馥社は百貨店での出店を末端販売方式として最も多く利用しており、上海市外の昔ながらの卸売市場を小売流通販路としている。嘉馥社は2006年に杭州の銀泰百貨店で初のガールズインナー専売フランチャイズ店がオープンし、その後7ヶ月間で30店余りに達した。そのことが、中国のティーンズインナー市場が急成長していることを表しているものの、ブランド力を持つ専売店は少ないため、ヤング商品市場は大きな可能性を秘めている。

　嘉馥社は市場の占有率を高めるため、異なる顧客のニーズに応え、様々な販路を開拓している。現在の販路はデパートと専門店以外にも量販店、フランチャイズや一般の店頭販売、通信販売もある。現在の主要な流通は以下のとおり。

（一）デパート

デパートでの出店は最も重要な流通の１つであり、2種類の販売形態がある。１つは業者がテナントとして出店しデパート側が天引きする形で、もう１つにはデパートが業者から仕入れをして買い受ける形がある。

（二）女性インナーのフランチャイズ店

女性インナー専門店での販売はデパート以外の重要な流通戦略であり、嘉馥社は2006年から杭州の銀泰百貨店内で初のフランチャイズ店をオープンさせており、僅か17～18㎡の店舗面積で毎月数十万の売上げがある。現在では30店舗のフランチャイズ店がある。

（三）異業種アライアンス

嘉馥は中国商業誘致銀行と提携して、クレジットカードの優遇サービスを取得した。消費者がキティインナー専門店で消費すると、プレゼントがもらえ、またクレジットカードのポイントを集めて商品と交換することができ、1回の消費が一定金額以上になると、クレジットカードでの消費時にオンラインで分割払い手続きができる。

四、Promotion（販売促進）

販売促進方法の良し悪しは、会社の商品の売上げに直接影響してくる。女性インナーには大差がないため、いかにメディア

を使って消費者に強くアピールすることできるかが、この市場
で主導権が握れるかを左右する。嘉馥社が現在行なっている販
売促進方法は以下のとおりである。

　（一）新聞、雑誌

　中央テレビ局などの電子メディア及び新上海人などの雑誌社
からの取材を受けたり、不定期的に新聞広告を載せ、流通性マ
ーケティングを行なう。

　（二）デパートのセール

　デパートで行なわれるセールの期間には、全ての商品が10％
割引や類似の特売で5％割引となる。または、サイズ限定のイ
ンナーを原価で販売するなどして集客を行なう。

　（三）プレゼントや贈呈イベント

　セット商品を購入したり一定の消費金額を超えた場合に、キ
ティのぬいぐるみや装飾品、アクセサリーなどのプレゼントを
付けるイベントを行なう。

　（四）インターネット

　嘉馥社と鎂塔数碼網路公司がサイト開発やメディアの普及、
インターネットでのマーケティング計画に対して交渉を進めて
おり、インターネットを利用して嘉馥社のインナー商品につい
てブランドイメージを深めていく。

ブランドの革新と認知

　嘉馥社には、世界中で知名度のあるブランド─ハローキティ
がある。一般に知られているように、ハローキティは日本のサ
ンリオ株式会社のキャラクターである。2006年に上海嘉馥社は
サンリオからハローキティの使用権を取得し、ガールズインナ
ー産業でも自社商品を作り出した。上海嘉馥社の陳子貴社長は
以前、「自社ブランドは充分に考えうるものだが、現在ガール
ズインナーという市場では、消費者にはまだ本当のブランド意
識と正しい着衣方法が確立されていない」と述べた。陳社長は
このような状況下で、嘉馥社の実力ではすぐには知名度の高い
ブランドを創り出すことはできないと考えていた。なぜなら、
商品の販売において最大のコストとは、消費者を教育し当該ブ
ランドを受け入れてもらうことだからである。

　初めて開業した陳社長はブランド戦略では第3の道、つまり
既に知名度のあるブランドを利用し自社商品を創り出すという
方法を選んだ。嘉馥社の上海エリアでの総代理、鄧学聖が『上
海僑報』の取材を受けた際、「当初、嘉馥社が上海エリアの代
理店となるためにはブランドと市場が不可欠だった。中国では
どの産業であっても、子どもの成長過程に関わることであれば
巨大な市場となり得る。特に1980年以降出生の子どもたちは家
族の宝物であり、教育にも衣食住にもつぎ込むため、大きな市
場となっている。」と話した。嘉馥社は当初この市場に対し、
大きな自信を持っていた。彼らは、女の子にとって初めての下

着は、ほとんど母親が購入し、大人向けのワコール、欧迪芬
（Ordifen）、トリンプなどのブランドを購入するはずがない
と考えていた。14～35歳の若者向けのインナーで言うと、この
市場にはぽっかり穴が開いた状態であった。そして、キティと
いうキャラクターは現れてからすでに30年程が経っており、愛
好者は5～50歳という各年齢層に広がっている。そのため、ハ
ローキティは大人の女性に対してでも、成長段階の女の子に対
しても、一種の強い魅力を備えていた。

ブランド化と付加価値向上の重視

　キティは非常に有名ではあるが、嘉馥社が目を付けたのはの
ブランドの意味である。陳社長はインナー市場で10数年の経営
経験があり、初期には、Ordifenの女性インナーブランドで副
社長を務め、その後はチームを率いて初のディズニーインナー
を開発した。彼女はキティが他のブランドにはなかったブラン
ド文化を持っていると考える。キティは女の子向けという位置
づけがはっきりしており、他のキャラクターブランドとは異な
る。他のキャラクターの位置づけははっきりとしておらず、中
性的な色彩が強いために、ターゲットの性別も年齢層も不明確
である。しかし、キティの色彩やイメージからすると、女の子
がターゲットであることは明確である。陳社長は自身の文化的
地位とキティのストーリー性が商品と密接に結びつき、女の子
の心の扉を開いてくれることを望んでいる。服飾業界でストー

リー性のあるインナーを作るということは、付加価値を高めることであり、また、商品にデザイン、効能、文化、ストーリー性を加えることが、アパレル産業の活路であると考える。全ての商品にはストーリー性がなければならないのである。

　強豪が競い合うガールズインナー市場の中で、嘉馥社は企業ブランドの影響力を高める第一線に立っているのである。陳社長は「14歳の女の子の心に私たちのブランドの影響力を創り上げれば、その後の25歳から75歳までの市場は相当な可能性を秘めている。要するに、キティを嘉馥社のトップブランドとして印象づけ、若い消費者に忠実なユーザーとなってもらい、長い人生の中で女の子がレディーになり、大人の女性になるまで、キティをそばに置いてもらうことを目標としている。」と言う。同時に、キティがカバーできない部分を補うため、嘉馥社ではキティの可愛さから延長させた「大人っぽい、チャーミング」なブランドを開発している。「流行性、個性化を更にパワーアップさせたもので、すでに設計とサンプル作りの段階に入っている」とのことで、嘉馥社の中国ガールズインナー市場に対する意気込みは言うまでもない。このようなブランドが取って代わられることは難しいであろう。

提携成功への７つの要素

　嘉馥社が経営に成功した要素は以下のとおりである。

● ブランドへの独創的見解

　嘉馥社は2006年の創業から「キティ」商品の影響力に目を
つけ、世界的に知名度の高いハローキティキャラクターを用い
た、インナー商品製作の提携及び中国地区での販売と生産の代
理権について日本サンリオ社と契約を交わした。唯一のハロー
キティインナー商品の代理店として、中国のインナー産業では
トップの座に君臨することに成功したのである。

● 企業イメージの良さ・肖像権の重視

　嘉馥社の販売スタッフは親切な接客態度を最重視しており、
店舗でインナーを選ぶ消費者がプロのスタッフの説明によりイ
ンナーについて更に理解してもらい、自分に合ったインナーを
見つけてもらえるように心がけている。

　また、嘉馥社は肖像権と知的財産権を重視しており、中国国
内販売にて技術移転及び管理制度の確立を何度も経験した後、
現地の人が最もその市場を理解しているため、マネージャーに
現地の人を採用し、人材育成においても現地化にて拡大するな
ど、徹底的に現地化を行った。

● 整った人材管理制度

　会社には整った福利制度があり、心地の良い仕事環境が揃っ
ている。人材管理では効率審査に力を入れており、人材の募
集、雇用、配置、発展、維持に配慮をしている。また、教育訓
練も重視しており、従業員に新しい分野の知識と学習の機会を

与え、将来性のある人生設計と計画性のある在職訓練を打ち立てている。

● 積極的な研究開発

嘉馥社の開発部はプロの設計者を育て、常に世界の流行傾向と消費習慣の動向に関心を寄せている。厳しい品質管理と精巧なミシン技術により、消費者の体に合った、優しくて心地よく、素敵なインナー商品を作りだしている。

● 適切な流通チャネルの選択

嘉馥社の流通チャネルの選択肢は広く、デパートのテナント、一般の専売店、フランチャイズ店が中国各地に展開している。適切な販路を選択し、各販路を切り開いて、ターゲットの集客に成功している。

● 市場の動向を把握し、市場細分化経営を選択

嘉馥社はインナー商品に対して常時分析を行なっている。消費者の立場に立ち、地理関係や消費者の所得額も考慮し、消費者心理を統計から分析して市場を細分化し、最も有利なエリアを主要なターゲットに定めている。

● 日本企業と絶えず意思疎通を図り、「信頼と尊敬」の関係を育てる

「サンリオ」のブランド理念は、人類の文明が全て河のほと

りから始まって広がったように、人々は互いに支えあい助け合ってこそ生きていける、という発想に基づく。それが身近な友だちから始まって世界中の人々に広がり、そして信頼、尊敬、愛によって人々を密接につなげていきたい、というものである。そのため、嘉馥社の全ての従業員は「気持ちを伝え、友情を育てる」という重要な任務を担っている。消費者に温かさを感じてもらえるよう設計は暖色系を主にし、顧客との双方向のコミュニケーションをすることで顧客の本当の気持ちを理解することに重点を置いている。それが、中国の女の子たちに好まれている由縁である。また、嘉馥社と日本サンリオ社の提携は、厳格な品質要求、製品デザインの創作、市場の正確な位置づけ、販売サービスの専門性などにおける、継続的なコミュニケーションと調整により、嘉馥社のガールズインナーシリーズを迅速に市場に展開し、双方に益をもたらす日台アライアンスを創り出した。

日台提携の新成功モデル
―勝博殿の例[*]―

蔡錫勲
（淡江大学アジア研究所日本組副教授）

施瀚雅
（淡江大学アジア研究所日本組大学院）

[*] 本文の個別事例研究は邱瑞芬・勝成餐飲（股）有限公司運営協理へのインタビュー、及び近藤健・日本勝博殿副総経理が提供してくださった書面資料に基づいて著述しています。勝博殿の熱心なご協力に心より感謝申し上げます。

———— 内容のポイント ————

｜日本の食品及び飲食の中国市場進出における優位性｜

•

｜日系勝博殿（さぼてん）と大成グループの提携関係｜

•

｜日台提携の背景と優位性の補完関係｜

•

｜ローカライズの理念の実践｜

•

｜日台提携による中国サービス業市場進出｜

日本の食品及び飲食の中国市場進出における優位性

　中国産の劣悪な商品、食品が取りざたされることがあるものの、中国では経済の高度成長、国民所得の増加に伴って、国民の食の安全、衛生に対する意識も向上している。金堅敏が〈日系企業による中国ミッドレンジ市場開拓パターン：日台業者の戦略とアライアンスに対する示唆〉の中で明言しているように、中国の消費者には「日本製＝高品質」という認識がある。これら中国の消費者の日本の工業製品に対する認識は、日本製食品や日本の作業プロセスによって作られる料理にそのまま持ち込まれている。前述の通り、中国では、日本食品は「価格は高いが健康的且つ衛生的」というイメージが広く浸透しているため、近年は中高収入層をターゲットとした日本食品が非常に人気を集めている。この他、明らかに中国製であるのに、パッケージなどを利用して日本食品に見せかけているケースも数多く見られることから、「日本食品＝健康的、衛生的」のイメージが国民に定着していることが分かる。

　藻谷浩介氏も同様の論点について、著作の中で「日本から生産に必要なハイテク部品、機械を購入するだけではなく、生活が裕福になりつつある韓国、台湾の国民は、ブランド価値が高い他の日本製品も買い始めている。自動車、電気製品以外に、安心と安全をセールスポイントとする食材、日本の菓子も大変人気を集めている。」と語っている。

　日本農林水産省の報告書によると、ここ数年農林水産物、加

工食品を問わず、中国の輸出量が徐々に増加している。このほか、「2007年『毒餃子事件』の影響で、2008年上半期は日本の中国製食品輸入が大幅に減少したものの、不景気を受けて、日本の民衆が味がよく価格が安い中国製食品の購入を余儀なくされたことから、2008年と2009年の『食品業』の中国投資がそれぞれ91.8％（397億日本円）と108％（827億日本円）増加した。『食品業』は製造業において最も速く増資が行われる業種である」。しかし、農林水産物については、日本では当該期の生産量が過剰であるときのみ輸出するという戦略が一般的に実施されているため、いかに一定の取引量を維持するかが今後の課題の一つとなっている。この他、取引き過程における相互の信頼関係の確立及びブランド知名度の向上も、中国において日本食品に対するニーズを増加させるポイントである。

日系勝博殿（さぼてん）と大成グループの提携関係

　さぼてんは1966年に東京西新宿にオープンした、日本最大規模のとんかつチェーン店で、500ほどの支店を有する。さぼてんは日本において、サービス、厳選素材、熟練の技で有名である。また、現在飲食サービス業の中でも大変名高い大成グループは、当初は飼料業者として起業した。下表からわかるように、現在大成グループの経営内容は従来の農畜産用飼料から小麦粉、食品生産加工、バイオテクノロジー、飲食サービスなどの領域にまで拡大されている。生産と食物連鎖システムの各部

分をよく観察するとわかるように、大成グループの事業群は、まず植物性たんぱく質（大豆、とうもろこし）に専門的な栄養配合を施した後飼料を製造し、それから顧客に動物用飼料として提供して、動物性たんぱく質（各種肉製品）に変え、引き続き大成が電気屠殺、加工と調理を行ってから、最後に販売し、消費者の元に届ける。

大成長城グループとグリーンハウスフーズ社の比較

	大成長城グループ	グリーンハウスフーズ社 （Green House Foods）
企業理念	誠意と信用、サービス精神、先見性	人に喜ばれてこそ会社は発展する
創業年度	1957年	1947年
事業内容	食品、飼料、バイオテクノロジー、小麦粉、パン、飲食サービス、水産物など	飲食サービス（一般のレストラン、カジュアルレストラン）、調理済み食品テイクアウト
「勝博殿」オンライン会員システム	あり	なし （リピート率向上のため、日本さぼてんはポイントカードを実施）

　大成グループの垂直統合による製品製造への取り組みはこればかりではない。1989年には飲食サービス領域にまで触角を伸ばし、1989年に「バーガーキング（Burger King）」台湾地区の代理権を取得し、1990年に台北に一号店をオープンさせた。バーガーキングとの提携により大成グループが積んだ飲食サー

ビス業の管理経験は、その後の基礎となった。大成グループは
この垂直統合による一本化された事業立地により、飲食流通と
ブランド販売の経験とコツを握り、販売側による飲食市場消費
動向のレスポンスと観察力の養成と、製品開発能力の向上によ
り、鶏肉加工業務の経営方向を調整している。

　飲食サービス業という分野で、大成グループはまず国際的に
有名な飲食ブランドとの提携によりその業界に関する経験を
得、一定の経験を積んできたから自社ブランドの確立を開始し
た。また、ブランドのレバレッジ効果により、大成グループは
共同投資或いは代理ブランド、自社ブランドに対する評価を消
費者から得た。さらに付け加えるなら、近年、消費者は製品志
向から経験志向へと変わっているため、大成グループ傘下のあ
るレストランでの消費経験が満足のいくものであったなら、消
費者を同じ大成グループ傘下の他レストランへ向かわせること
ができる。満足する消費経験が何度も続いた消費者の大成グル
ープに対するロイヤリティは自然に上昇する。一般の販売経験
について言えば、新しい客1人を引き付ける販売コストは常連
客1人をつなぎとめることができるコストの5倍から8倍である
ため、消費者のロイヤリティと企業の利益は直接的な関連性が
あると言える。言い換えれば、消費者のロイヤリティを上昇さ
せることは企業の利潤の源を拡大し、リスクを低減させること
である。

　国内外の各企業との合弁によりチェーンレストランを展開し
た例は上記のバーガーキングのほかに、日系の勝博殿（さぼて

ん）がある。2001年の韓国第一店を皮切りに、さぼてんは海外市場に進出し、2004年に台北天母に初の直営店をオープンした。2005年に大成グループはさぼてんの親会社である日本グリーンハウスフーズ社と合弁で勝成餐飲公司を設立し、台湾飲食業界に進出した。2009年は金融危機の最中でありながらも3店舗をオープンさせた結果、営業収入が前年比で4割成長した。現在台湾にある計13の勝博殿とんかつ専門チェーン店を、2011年には18に増加させる計画で、新北市、台南も出店地域として考慮の対象となっている。

　さぼてんが台湾天母で開店した理由は、日系デパート新光三越に関わっている。言い換えれば、在日台系企業のネットワークがさぼてんを台湾出店に導く最大の要素となった。さらに日本の内需市場が飽和気味であるため、当時さぼてんの日本国内での経営は思わしくなかった。そこで日本の親会社がこれを機に海外進出しようと思い立ったのである。初の直営店の場所として天母が選ばれたのは、上記の新光三越との関係以外に、天母に特殊な居住者構造があるからである。台北アメリカンスクールと台北日本人学校が共に天母にある関係で、天母には外国人居住者が大変多い。天母多くのショップは、彼等の嗜好に合わせて高級路線の輸入商品を扱っていることから、天母住民の生活の質と外国製品の受け入れ度が大変高いことが分かる。同様に日本から来た「ミスタードーナツ（Mister Donut）」も一号店を天母で展開した。上記の分析で分かるように、天母という場所は日本飲食業にとって台湾進出のファーストステップと

なっている。さらに、同様に日本式とんかつレストラン「知多家」もここでオープンして久しい。よって天母の住民は日本式とんかつの受け入れ度が他の地区より高いと言える。ただ、知多家とは異なり、勝博殿はすり胡麻ソース、千切りキャベツとご飯と味噌汁のおかわり自由、日本製の器を使った盛り付けなど、新しい顧客価値を創造したほか、日本式とんかつ専門店のアピールとして、日本勝博殿の「味、サービス、雰囲気」を忠実に再現したところ、案の定、台湾一号直営店はオープンと同時に長蛇の列ができた。

日台提携の背景と優位性の補完関係

　勝博殿の台湾出店前後の背景を知れば、「なぜ日本親会社直営であった勝博殿が2005年に台湾企業との合弁に変わったのか？」と疑問を抱く人は多いはずである。その主な理由として次の2点があげられる。

- 人員の管理。台湾と日本にはやはり言語、文化、習慣上の差異があり、さらに異文化コミュニケーションは難しい。当時日本側の管理職は通訳が付いていても十分に台湾人スタッフと意志の疎通ができず、また、飲食サービス業は一般的な認識よりも体力と忍耐力を必要とするうえ、さぼてん（台湾：勝博殿、日本：さぼてん）のサービススタッフと商品に対する要求が高かった。よって、当初は直営店の離職率が高くなり、人員の安定的な確保に大変苦労した。

● 最も基本的なコスト支出の考慮。勝博殿が直営を続けた場
合、日本から大勢の駐在員を台湾に派遣するため、人事コ
ストの支出が増える。

上記2点に基いて、グリーンハウスフーズは台湾企業との合
弁による開店を思いついた。大成グループは豊富な資源と飲食
業経営の経験を有するうえ、双方の企業理念、趣旨が似通って
いたことから、パートナーとして選ばれた。そこでグリーンハ
ウスフーズは2005年に大成グループとそれぞれ50%の出資によ
り勝成餐飲公司を設立し、一連の店舗展開計画を開始した。こ
のほか、従業員のキャリアを考慮し、日本親会社が管理してい
た天母の直営店も2007年に勝成餐飲公司に転売した。

これまでの合弁例のうち、50%ずつの出資によるケースは非
常に珍しい。この実例では、大成グループがアメリカ美国バー
ガーキング、日本敷島製パンとの提携経験を考慮して、グリ
ーンハウスフーズに50%、50%の出資割合を提起した。双方が
平等な立場に立つ状態において、利益の最大化を目的とするた
め、互いに合意に達しやすく、相手の手の内がよく分かるばか
りか、意思決定に積極的に参与できる。しかし、出資の双方が
企業の主導者であるため、意思決定の際、どちらが絶対的な優
位に立つこともない。言い換えれば、50%、50%の出資割合を
前提とした合弁計画は、出資双方が相手の専門を信頼してこそ
成立することが可能となるわけである。大成グループとグリー
ンハウスフーズ合弁の勝成餐飲公司を例に取ると、日台両者が
合弁会社における要の存在である。台湾側は主に経営管理、現

地の資源の運用、店舗開発などの面で重要な役割を果たし、日本側は商品技術、原料、人員の訓練において莫大なサポートを提供し、双方が互いの専門性を信頼してジャストタイムで意志の疎通を行うことで、現在の勝博殿の台湾における評判を作りあげた。

　日台双方は台湾での提携が大変順調で、合弁会社の営業収入が成長し続けたことから、この提携モデルをそのまま使って共に中国に進出することにし、同様に台湾50%、日本50%の出資割合により香港で「勝博殿中国股份有限公司」を登記した。2011年9月勝博殿中国一号店として、北京の高級ショッピングセンター芳草地に支店をオープンする予定である。北京出店計画において、芳草地の役割は台湾の新光三越のように、高級ショッピングセンターにおける出店なら一定の顧客が確保できるだけでなく、ブランド・レバレッジにより勝博殿の中国におけるイメージを向上することもできるのである。人事の手配に関して、管理職は現在主に台湾から派遣された駐在員が担当しているが、以後徐々に中国現地の人員を採用し、最終的には管理職の構成割合を台湾20%、中国80%にしたいと考えている。ローカライズを追求するために、他の正職員とアルバイトは現地の中国人を主とするが、全ての従業員に台湾で訓練を受けさせる。実は上記の人事配置の方法は、勝博殿の台湾での発展状況と類似しており、勝博殿も台湾で開店した当初は、日本人駐在員が管理職を担当しており、台湾市場が安定し、人員が慣れたうえで帰国した。そして現在日台双方の合弁による勝成餐飲公

司の管理職は、近藤副総経理1人を除いて、100％ローカライズ
の理念を実践していると言ってもよい。

ローカライズの理念の実践

　商品については、当初天母直営店では日本の料理、調味方法
をそのまま採用し、それから顧客の反応を見ながら現地人の口
に完全に合うように調整してきた。現在台湾勝博殿が使用す
るとんかつソース、ゴマだれ、和風ドレッシングなどのソース
は、100％日本から持ち込んでいるため、調味が日本さぼてん
と全く同じである。食材は台湾現地の新鮮な食材を使用してい
る。だが、調理過程において唯一味噌汁は塩加減を変えた。台
湾人にとって、日本の味噌汁は塩からすぎるため、塩加減を日
本より少なめにし、味噌ならやはり日本の味噌を使用してい
る。漬物の選択においては、主に台湾人が受け入れやすい漬物
に変更した。同様に、中国の勝博殿も最初は日本の料理、調味
方法を主とし、時期を見計らって台湾での経験を補助的に組み
入れ、実際に開店してから中国人客の反応を見て調理法と塩加
減を調整する。

　豚肉は台湾、中国などの中華圏では主食の一つとされている
にもかかわらず、日本式とんかつがここで大受けしている主な
理由は、この両地のとんかつ、豚肉の調理方法の違いである。
例を挙げると、日本のとんかつは、厚切りのロースやヒレ肉に
パン粉をつけて揚げる、代表的な「日本食」の一つであり、台

湾のとんかつなど豚肉を揚げた料理とは全く異なっており、ま
さにその調理方法で、日本本場のとんかつ店さぼてんが大勢の
人から高く評価されている。もう一つの人気を博した理由とし
ては、歴史的、地理的に日本と関係が深いことから、台湾人の
日本食に対する受け入れ度が高くなっているのである。現在中
国における日本料理に対する受け入れ度向上と、グルメ志向の
出現から考えると、勝博殿の中国一級都市での支店オープンは
勝ち目が大きいと思われる。

　最後に、台湾に多数の哈日族（日本文化ファン）が存在する
ことからも分かるように、「日本式飲食文化」は勝博殿中華圏
進出の最大の優位性である。安心、安全でおいしい食事の経験
を提供する以外に、勝博殿は日本式文化の投資にも力を入れて
いる。以前、飲食店とは大衆にとって飢えを解決する場所にす
ぎなかったが、時代が変わるにつれ、飲食業に新しい定義が生
まれた。三商和民の鰐部慎二董事長は、レストランは「空間提
供業」であると主張する。また、日本飲食業コンサルタントの
父と呼ばれる宇井義行氏は、現代の飲食業は「レジャーサービ
ス業」であるべきだと考えているとまで言う。おいしい食べ物
を出す以外に、顧客を喜ばせなければならず、食事にムードと
サービスをプラスして顧客に与える満足感により、レベルに格
段の差がつくことは言うまでもない。だから食べ物、サービ
ス、ムードは全て飲食が努力するべき範疇である。勝博殿は厳
選した素材で作った料理を提供するほか、内装、サービスなど
の付加価値を通して、いかに消費者の持つ「日本＝高品質」の

ブランドイメージを深く定着させるかを熟考している。

日台提携による中国サービス業市場進出

　ここ数年、日本国内市場の縮小と中国人のGDP、消費力の向上に伴い、日本企業の中国進出の足取りも加速している。時代の変化と科学技術の急速な発展に伴って、日本企業が手がける産業も早期の製造業から、その後飲食・食品業、流通業、そして最新のコンテンツ産業へと変わってきた。勝博殿は飲食・食品業において代表的な日台提携企業の一つである。他の先進国と同様に、国家経済が成長し、国民所得が大幅に向上すると、衣食住に関する物質面に対する国民の要求も高くなる。物質面で一定のレベルに達したら、教育、娯楽方面のニーズが高まり、自分の必要が満たされたら、最後に関心を寄せるのは社会福祉、公平正義の方面である。従って、勝博殿が中国に進出した最大の意義は、中国人に安全、安心な食生活を提供することのみならず、ハイクラスで、楽しい「日本式飲食文化」の消費を体験してほしいという願いにもある。

　以上の日台企業提携における優位性の論点とインタビューを通して理解した勝博殿の実際の提携経験をまとめた結論三点を以下に述べる。

- グリーンハウスフーズが中国進出・合弁のパートナーを探す時、まず考慮したのは、台湾で技術を供給する相手と台湾の提携会社である。過去の提携経験から、相互の信頼感

と責任感があれば、自然に新事業をスムーズに発展することができる。

● 日台それぞれ50%の出資による株式構造は、勝博殿のこのケースを効果的に前進させ、日台双方の積極的な意思決定への参与と合弁事業管理に関する意志の疎通を促進した。

● 資源の貢献と補完関係の度合いでは、勝博殿が大変よく協力してきた。台湾大成グループは中国市場開拓20年以上という豊富な経験を持ち、経営管理、現地の資源の運用、店舗開発に大きく役立った。また日本グリーンハウスフーズは商品技術、人員の訓練の提供において重要な役割を果たした。こうした資源の貢献と補完関係は、勝博殿の業績を大きく伸ばすだけでなく、日台企業が相互に学習し、新しい知識を創造することにより、「共進化」というもう一つの目的をも達成することができる。

日台企業アライアンス成功の要素
及び中国市場への挑戦

鄭惠鈺

（日本医療法人珠光会理事及び
台湾珠光會バイオテクノロジー株式会社代表取締役）

─────── 内容のポイント ───────

│中国ビジネスのリスク管理におけるポイント│

●

│台湾企業が信頼のあるパートナーとなり、双方の交流を助ける│

●

│信頼のプラットフォームを構築するカギは「人」│

●

│文化と感情のリンクした日台企業パートナーシップ│

●

│産業の発展と収益に有利なECFA│

問：日本医療法人珠光会の主要な業務は医療と保健、バイオテク
　　ノロジーといった産業でしょうか？

答：我々は日本の高齢化社会における需要により、ガンの免疫治
　　療と老人保健病院の2つを主に行っている。また、現在はガン
　　患者が非常に多く、研究と臨床応用をたゆまず続けること
　　で、人々にあきらめず、回復するという希望を与えたい。そ
　　して、私の主な仕事は新しい医療技術を取り入れ、国際協力
　　と交流に従事することである。

問：日台企業アライアンスという点から、貴社もまた代表的な例
　　なのではないでしょうか。

答：バイオテクノロジー産業の発展から言えば、双方が互いに協
　　力しアライアンスを行うことは、一つの方法である。日本人
　　が外部と協力する際の原則は、まず基本的に観察期が長い
　　が、一度信頼関係が築かれると最後まで信じ通す。私の役割
　　は台湾と中国でこの技術の提携を求めることである。少し前
　　に私はインドネシア、マレーシアを訪問したが、既に上場企
　　業が我々の技術に興味を示しており、東南アジアでサービス
　　を行うためにシンガポール支社の設立へ積極的に取り組んで
　　いる。そして、現在私にとって東南アジア以外で最も重要な
　　市場は台湾と中国である。

中国ビジネスのリスク管理におけるポイント

　私が20年前に中国に行った際、初期は上海であったが、乗った飛行機の中で台湾企業家は私一人だけであった。上海の他には東莞と深センに滞在し、そこではチャンスが非常に多かったが、個人的に惑わされることがあった。それは、私たちは中国人と言語も外見も同じであるが、その考え方や信用の度合いは外国人以上に外国人で、20年前のコミュニケーション方法は全く異なっていたということである。なぜ台湾人が中国に行って完敗して戻ってくるのかと言うかもしれないが、その言語と外見に惑わされるのである。毎回、中国に進出する台湾企業家に会うと、惑わされるなと注意するようにしている。中国におけるロジックは欧米とは全く異なる。外国人とビジネスをする時、国際的な信用-クレジットの概念があるが、中国でその概念は通用しない。私も20年前に企業へ生産を依頼したところ、商談は上手く行き、契約と捺印、握手も済ませて喜んでいたが、私が台湾に戻ると電話が入り、材料が足りないとか何とかで出荷ができない、申し訳ないとのことであった。このことから、彼らの言葉と行動は一致しないことがあることを知った。油断は大敵である。話し合いに話し合いを重ね、確認に確認を重ねることが必要である。それから20年たった今、外国企業もどんどんと多くなり、中国人にもこのようなこと（契約違反）をしていてはいけないという概念が徐々に生まれ、進歩はしたもののやはり油断は禁物である。私の経験から言うと、中国で

は正しい人に出会えれば事は順調に進む。私は日本と中国が協力している提携病院にて、レベルが高く国際観のある中国の院長に出会った。彼が有言実行であるからこそ、双方による提携が成立したのである。

問：それでは、中国ではマイナス面の経験の方が多いのではないでしょうか？

答：大体はその通りであるといえる。だから私は20年間常に気をつけてきた。でも良い人に出会えた時は私も喜んで努力し、対等を原則としている。しかし、時々、誰かに一生懸命尽くし、2、3年後に人が変わり、台無しになるということが心配であり、これが一番恐い。

問：そうは言っても、中国はやはり世界で最もチャンスが多い場所なのではないでしょうか？

答：だからもっと台湾の若者にチャンスを与えたいと願っているし、私もあきらめていない。市場があるのだから、最近でもよく中国を訪れている。ついでに言うと、前回北京で訪れた上場企業が日本の健康食品を探していたが、日本人との関係が築けず、日本側は販売したくないということであった。彼は中国市場がこれほど大きいのにどうして日本人は販売したくないのだろうと尋ねてきた。私は、日本人は50年や60年、100年もの歴史ある古い企業や大企業が多く、日本人が最も重視するのはブランドで、適当に商品を渡し、万が一中国の一

企業にめちゃくちゃにされてしまったらということを考慮
し、簡単には渡さないのだ、と答えた。彼らがどうすればい
いかと聞くので、日本人を最も理解している台湾を通せばい
いと言った。日本人はレポートを見るのを最も好み、一つの
製品に一つのレポートを提供して安心させる、それが日本人
のビジネススタイルである。このようなスタイルを把握すれ
ば、彼らとのコミュニケーションが取りやすくなり、自分た
ちを良く理解していると知り、機会をくれる。そして困難に
ぶつかった時もサポートしてくれ、それは価格の面でも同様
だ。安いものに飛びつくアメリカのスタイルと日本の特徴は
異なっている。

台湾企業が信頼できるパートナーとなり、双互の交流を助ける

問：日本企業と中国企業には隔たりがあり、台湾企業との提携で
しか中国に進出できないのなら、中国企業が日本に進出でき
ないという問題も、台湾企業を通す必要があるのではないで
しょうか。

答：私の現在の仕事がそれである。今回は特に「日本人は嫌いだ
が日本の製品は信頼できる」という北京、上海、大連の企業
を訪れた。私が聞いた中で最もひどかったのは、台湾企業が
上海へ行き、中国のスタッフにチケットを手配してもらおう
と思ったところ、スタッフは大金を持って消えてしまったそ

うだ。台湾ではあり得ないことだが、中国人の行動の多くが私たちがあり得ないと思うようなものなのである。

問：それでは、日本企業とのネットワークをつなぐ時、どのように中国人と信頼関係を築いているのでしょうか。また、中国人と一緒にどうやって日本人が協力してくれるように説得するのでしょうか。

答：中国人と協力する時は必ず注意し、言動を逐一チェックしなければならない。まずは小さな協力から始め、どのような反応かを見定めるのだが、必ず自分の目でチェックしなければならない。更にその人の周りの人間も観察し、上司の言うことと部下の行動に一貫性があるかどうか、言ったことを守るか、これが私の中国に対するチェック方法である。ただし、観察には時間をかけなければならない。先に協力する機会をつくる。そうすれば途中で必ず問題にぶつかるので、その時のそれぞれの態度を見ることにより、その人の処理方法が分かる。これは比較的慎重な方法である。

問：それでは、パートナーを選ぶ時は利益を考えないのでしょうか。

答：それは場合によるといえる。中国を少し理解している状況であれば、必然的に多くのビジネスチャンスがあることに気づき、またサポートを望んでいる人もいることに気付く。例えば中国の東北へ行ったとき、投資企業を探していて仲介料を

払ってくれるという人が現れた。私の専門分野は病院と老人介護だが、彼らは土地を持っており、不動産にも投資することができると勧めるので、私は何とか方法を考えて投資してみようと合意したことがある。

問：中国の一部の不動産業者は苦境に立たされており、建築費用がない上に、預金準備率を引き上げ、利息も上昇しています。地方政府は不動産価格が暴騰すると、財政困難に陥るため、不動産価格を急騰させたくない。政府も投資させれば自分たちの利益が上がると考えています。それは台湾不動産業者の問題なのですが、例えば建物を担保にして100億の資金を貸す時、もし相手がそのローン返済に応じない場合、私たちはその建物を処分することができ、もし建物が100億で売ることができたなら問題はありません。しかし、中国の不動産を担保にした場合、相手が逃げたり倒産しても建物を処分することができないため、100億は現金にすることができません。台湾では建物を銀行ローンの担保にすることができるため、現金に換えられない場合、資金ぐりのプレッシャーは大きなものとなります。この2つの概念は異なっています。そのため、私は現金を投資することに反対です。また、彼らの担保には問題があります。

答：あなたは中国の情勢をよく理解されている。将来的には必然的に担保の種類も多様化してくるだろう。

問：いま、中国でビジネスを展開していますか。

答：私が中国の東北で老人保健病院について話したとき、私たち
　　が企画をし、彼らが出資して海外チームが彼らのサポートを
　　することになった。私は彼らに、出資するのではなく未公開
　　株のアライアンスにより協力してもらい、プロに管理をして
　　もらうよう提案した。それにより私のチームが安心して仕事
　　ができるようにした。これは私が今中国にて処理しているケ
　　ースの一つである。

問：実は中国はお金に困っておらず、彼らは建設などのハード面
　　に強いが、管理などのソフト面には弱いのではないでしょう
　　か。

答：その通りである。実は彼らが必要なのは外部の経営ノウハウ
　　であり、概念やサービスなどのソフト面が最も不足してい
　　る。

問：日台企業のアライアンス成功への文化的要素にはどのような
　　ものがありますか。双方はどのように信頼関係を築くことが
　　できるでしょうか。

答：台湾企業と日本企業が協力をしてきた歴史は長く、思想文化
　　もかつては一緒であった。特に年配の人は日本教育を受けて
　　おり、日本に留学をしている人も多い。よって、実は既に融
　　合していて、台湾は日本列島の延長だと考える日本人もい
　　て、身近に感じている。このような背景があるため、コミュ

ニケーションがとりやすく、コミュニケーションが取れるということは、成功しやすいということである。これは、双方がどのように信頼関係を築くかをも含んでいる。文化背景やものごと進め方、生活スタイルも同じというような条件下では、当然関係を築きやすい。

問：このような信頼関係は交流過程にて、多くの批判などを通して鍛えられるものであり、そのような過程が必要なのではないでしょうか。

答：日本人の信用を得る最も早い方法は、紹介してもらうということである。私がなぜ20年前に直接日本と提携できたかと言うと、強力な紹介者がいたからである。紹介者が仲介した途端、彼らが非常に親切になったことに気が付いた。これが最も速い方法であり、私自身の経験でもそうである。

信頼のプラットフォームを構築するカギは「人」

問：それでは、信用が高ければ、紹介後に多くの障害を乗り越える必要がなく、取引の負担が減少する。一般的に言うと、提携に費やされる時間は長期にわたり、敷居は高いが、一度構築された後は順調になるということでしょうか。それについて具体的な経験を聞かせてください。

答：日本側と知り合うことができたのは、紹介者のお陰であったということである。

問：それは同業者ですか。

答：同業者ではないが、紹介者を通し、私の仕事に対する態度を既に知っていたので、紹介者が私を知り、彼らを知ることで、彼らは私を信用したのである。彼らは一度信用した後は、彼らからこの件はどうすれば良いかと相談してきたり、台湾で何か問題に直面したら、助けてもらえないだろうか、と相談しはじめた。その後は、彼らが何か台湾でしたいことがあれば、私は一つ一つ達成できるよう全力で支援している。

問：要するに概念に関したコミュニケーションや問題の解決により信頼関係を築いているということでしょうか。

答：特に彼らが求めているものを一つ一つ実行できるよう支援していけば、彼らの基準と期待を超えることもできる。

問：それでは、協力の過程では必ず摩擦が起こりますが、例えば自分の概念と相手の認識に差があったり、製品の品質が相手の期待したものと差があった場合など、このような摩擦はどうやって解決すれば良いでしょうか。

答：摩擦が起きた時は、「コミュニケーション」が非常に重要である。もし彼らが理解できないことがあれば、私は何とか証明できる人や物を探して来て相手に見せる。日本人の考え方は台湾とは違うことがあるため、私は現地ではどのような状況であるかを証拠を挙げて証明する。相手が全ての状況を明

確に理解できるよう、何かしらで証明する必要があるのである。

問：日本語でコミュニケーションを取っているのでしょうか。

答：日本の上層部は英語ができるので、私は英語を使用している。日本語は少しはできるが、細かい話をするときは、やはり流暢には話せない。ある先輩が言うには、日本人と付き合う時、日本語を使えば距離を縮めることができるが、物事を行う時には日本語では意味が伝わらないので英語を使った方が良い。しかも英語が使えるという点でより高く評価されるとのことであったが、私も確かにその通りであると感じた。

問：日本人は英語が不得意のようですが。

答：今では海外留学をする日本人も徐々に増え、英語でのコミュニケーションは以前に比べ、容易になっている。

問：従事している業種はバイオテクノロジー産業となるのでしょうか。

答：その通り。台湾政府に協力してくれる人材が以前からおらず、続けていけない業者が多い。

問：韓国の政府は支援をしているようですが。

答：中国でもバイオテクノロジーは非常に支援されており、私たちの政府もゆっくりではあるが、関心を寄せつつある。以

前、私の様子をうかがうため、政府機関が自ら電話をかけて
きたことがある。しかも、情報やサポートも提供したいとい
う申し出があり、多くの国に行ったことがあっても、この国
を愛しているため、非常に感激した。

問：日台企業のこのようなアライアンスの成功にはどのような要
因があるのでしょうか。

答：日台企業アライアンスの成功要因は、主に文化資産、同じ行
動スタイルにあり、台湾人のフレンドリーな気質に、日本人
は他の国とは違うということを感じたことであろう。日本企
業の海外事業部部長が、当時の中国は日本の国旗を焼いてい
ると言ったことがある。彼の言葉で印象的だったのは「私た
ち日本人はアジアの孤児だ。韓国人も中国人もフィリピン人
も私たちを歓迎してくれない。台湾人だけが私たちを歓迎し
てくれる」と言っていたことである。私はそのことで台湾が
日本人にとって重要なパートナーであることを実感した。ま
た、彼の表現は的確であったといえる。特にこの度の3.11東
日本大地震では、台湾人は積極的に募金を行い、世界で2番目
に多く寄付をしたことが更に日本の人たちを感動させ、今後
の日台協力にとって良い土台を築くこととなった。

文化と感情のリンクした日台企業パートナーシップ

問：それでは、成功要因には他にどのようなものがありますか。

答：行動スタイル、生活習慣、文化思想の背景などである。実は
どれも非常に似ていて、違いといえば日本の方が型にはまっ
ているということだけである。例えば5cmのコップを作ると
した場合、4.9 cmや5.1 cmのものを作ってしまっては、日本人
には受け入れられないのである。

問：要するに融通が効かないということでしょうか。

答：彼らは硬すぎるし、団体行動や制約が好きである。台湾人は
こうではなく、カバンを持ってあちこち走り回るような感じ
である。日本人が海外へ行く時は、絶対に一つの旗に付いて
行く団体行動で、単独での行動は少ない。しかし、この団体
行動が問題で、皆が同意しなければ前には進めないため、立
ち止まる。なぜ日本経済がバブルから10数年間一向に回復し
ないのかについて、専門家の研究によると融通の効かなさが
原因にあげられている。

問：何が失敗の原因となると思いますか。最後まで話し合いにお
りあいがつかなければ、失敗に終わってしまうのではないで
しょうか。

答：日本人の立場上、深く考えるために折り合いが付かず、成功
できないのであり、多くの場合、彼らは会議に会議を重ね、

決断するまでに時間がかかる。一方、台湾人はすぐに返答するが、実行できない場合がある。または日本人を利用しながらも行動に信用がおけない場合もあり、それは日本人が最も気にする点である。以前台湾人がNHKの入口で写真を撮り、台湾に戻ってからNHKと提携したとうそぶき、結果日本側が事実を説明しなければならないという事態になった。過去にこのようなことがあり、日本人は台湾人のこのようなやり方を最も恐れている。成功しない原因はおおよそこのようなことが原因である。

問：3.11東日本大地震の時、海外投資への変更計画はありましたか。日本投資への影響や障害は何でしょうか。

答：3.11東日本大地震の後に海外に分散したかについては、日本珠光会は元々海外進出の計画があり、早いうちから国際協力を採用していた。台湾投資への願望が高まった原因については台湾の教育水準が高く、専門の人材がいることにある。そして中国市場については、台湾というプラットフォームを経由して中国に進出することを望んでいる。どうして技術を台湾に譲るかというと、台湾人は日本を理解しており、国際観があるためである。台湾人は欧米人や中国人とのビジネスには日本人より長けている。そのため、台湾投資に強い願望があるかと言えば、これは確かにそうである。

問：何か障害に直面したことはありましたか。

答：バイオテクノロジー産業にとっての障害と言えば、欧米も
　　我々への出資を望んでいるが、台湾の政策と公共システムが
　　最大の障害となっていることである。10数年バイオテクノロ
　　ジーを叫びながらも何のガイドもなく、結局多くのバイオテ
　　クノロジー会社が金を使い果たして倒産した。初期の頃は政
　　策と公共システムが権力を握っており、ダメだと言われたら
　　ダメであり、誰もどうしようもなかった。我々は極めて政府
　　の協力と指導が必要である。

問：何か例をあげて話してください。

答：私がCDE（財団法人医薬品検査センター）に行った際に彼ら
　　が情報とサービスを提供してくれたことに感謝している。国
　　際競争に備えるため、皆が台湾の一般人と若者にもっとチャ
　　ンスを与えるよう望んでいる。それには政府の協力と指導が
　　必要であり、一方的な規制であってはならないのだ。

問：台湾には法律規定がありますが、中国は外資を引き寄せる為
　　には手段を選びません。台湾の政府は所詮お役所で定時に出
　　勤して定時に帰れば良く、そんなに多くことをして何のため
　　になるのかという態度で、更には法律にて揉め事まで引き起
　　こしたりします。政府が何もしなさすぎであるため、もう少
　　し産業を激励する方案を出すべきです。産業が熟してからは
　　そのサポートを少しずつ減少しても良いでしょう。台湾は相

当に遅れており、シンガポールはものすごい速度で追いつき、中国は私たちの10倍100倍と積極的に投資しています。中国の人材が劣っているようには思えず、北京大学や清華大学が13億人の中で最も優秀で、もし他に何か優位性がなければ、どのように競争するのでしょうか。台湾と中国の新興産業の同質性は非常に高いものとなっています。現在ではさほど差がなくても、5年後には差が開くでしょう。貴社はキーポイントにおいて、核心となる技術を具えていますか。

答：これも日本人が現在中国に行きたくない理由である。彼らはまだ中国を信用していないため、ベースは台湾であったりシンガポールであったりする。中国にベースを置かない限りは、全てが身内の人材になってしまう。

問：アライアンスでは第3国にまで行っていますが、これも信用と協力の経験によるのでしょうか。

答：私は東南アジアの会議で彼らに会い、日本の理事長に「今日ここへ来たのはあなたの権利を守るためだ」と言った。理事長は「あなたに参加してほしいのは、ここにいる国際人たちがあなたをサポートするためである」と答えた。当時私は多くを語らなかったが、互いの暗黙の了解と信頼感が私を感動させた。台湾は非常によい資質を持っており、政府は無駄にすべきではない。

産業の発展と収益に有利なECFA

問：台湾がECFAを締結した後、日本企業は台湾と中国に積極的な
　　働きに出ると思いますか。

答：ECFAは私に自信と希望を与えた。なぜなら、ECFAを締結し
　　た中には多くのバイオテクノロジー産業があったからであ
　　る。私はこの件に関する新聞記事を英語に訳して日本へ送
　　り、多くの方案が出たということを伝えると、彼らも真剣に
　　読み、研究していた。

問：産地の証明などの要求が面倒なものもあり、制限も多く、全
　　てが本当という訳ではないようです。表面上の文字と実際の
　　実施過程にはある程度の差があるため、税関の手続きや質量
　　の検証にはまだ多少すり合わせの時間が必要なのではないで
　　しょうか。

答：現在中国には台湾から行った医師もおり、彼らは中国で数件
　　の病院を経営している。最近もこの技術について協力しよう
　　と持ちかけられ、専門の医師が介護や世話の仕方を説明して
　　いる。

問：最後に、日台企業アライアンスが中国投資で出会うチャンス
　　にはどのようなものがありますか。

答：既にほとんど例に挙げたが、中国にはチャンスがあふれてい
　　ると思う。例えば台湾のデパ地下の食事は非常に精錬されて

おり、各省の、そして世界各国の食事までもが全て食べられる。チャンスはそこにある。中国の経済が上昇しているが、これらは連鎖反応を起こし、真似をすることができる。ただし、必ず自分で主導権を握る必要がある。

問：それでは考えうる挑戦にはどのようなものがありますか。

答：現地で選んだ人材が正しい選択であったかどうか、それが最も大きな挑戦であり、協力する「パートナー」と「人材」がカギである。

問：能力があったとしても、品性にかけていては駄目なのではないでしょうか。

答：友人の例では友人は中国のヘッドハンティング会社を経営しており、中国に6年いて、6年間行動を共にした経理がいた。その友人から1ヶ月間の旅行誘われたが私は行けず、彼は別の友人と行ったそうだ。結局1ヶ月後に上海に戻るとその経理が顧客のデータを持ち逃げし、しかもパソコンから削除されており、その後この経理はみつからなかったという。正しい人材、正しいパートナーの選択は、本当にチャレンジである。

問：あなたの経験と教訓をまとめてください。

答：正しいパートナー、専門、能力、資金を選ぶ事が重要である。

日台アライアンス及び
アジアビジネスのチャンス

藤原弘
（東京中小企業投資育成（株）
ビジネスサポート第一部国際商務中心所長）

―――――― 内容のポイント ――――――

│台湾資本企業の国境を横断した企業経営はフレキシブル│

•

│効果がある現地化戦略の運用│

•

│国境を横断した人材の管理と整合│

•

│日本企業の管理と品質要求は台湾企業にとって影響が大きい│

•

│人材育成と労務管理を重視するべき│

　筆者はこれまで中国進出台湾企業をみてきたが、最近はタイ進出台湾企業の経営実態をみることができた。タイは言葉も、文化的にも社会的にも中国市場とは異なるところであるが、そこの台湾企業が日本企業に比べ中国市場同様に効率的な経営を展開しているとの印象をもった。これまで10社近い台湾企業を訪問することができたが、彼らの経営の特徴は以下に集約できる。

台湾資本企業の国境を横断した企業経営はフレキシブル

- 台湾企業の投資は中国一極集中型と思っていたが、中国とアジア市場とのバランスを取りながらアジア市場をみている。
- 台湾企業のアジア展開は徹底した現地化、永住化が基本戦略である。
- 台湾企業の多くは日本企業の技術、合弁等の連携を追求し、日本式経営方式、生産設備を導入し、厳しい品質管理を行っている。
- これらタイ化した台湾企業の経営者はいずれも、タイ語で労務管理もタイ語で直接行っていることから、タイ進出日系企業によくみられる労働争議はない。
- 人材不足が深刻になるなかで、台湾企業は関係（GUANXI）を活用してタイの東北地区の農村から従業員

を採用すると同時に、インド人、ミャンマー人、マレーシア人、日本人等の多国籍人材を活用している。

- 販売戦略に関しては、日系企業が中心であるが、欧米企業等にも多角化している。

海外人材の不足に悩む日本の中小企業にとり、日台ビジネスアライアンスのポイントは中国・アジアでのビジネス展開における台湾人材の活用ということではないだろうか。以下にタイ進出台湾企業の経営実態を紹介する。

効果がある現地化戦略の運用

Food and Drinks Public Company LTD—徹底した現地化政策を展開

- 日本企業との関係を重視

ここタイの工場の生産設備はキリンビールの台湾工場の設備と全く同じであり、品質管理に関しては日本企業並みである。40年以上タイに住む李社長によると、生産設備は日本製、ドイツ製、スイス製が多く、経営ノウハウ、技術の吸収を日本企業から行うだけでなく、日本企業との連携にも非常に積極的である。例えば日東ベストと合弁会社を作り、豚肉を生産するほか、タイでのトマトの栽培を共同で行うほか、日本の漁業関係企業との連携を行っている。魚肉を生産するために、漁船を日本から購入し、タイ人の船長を雇用し、魚肉そのものは三菱商事、日水、大洋漁業、マルハなどから購入している。しかし、

最近の日本市場では「売り上げが落ちており、総売り上げ額の30％にもみたないとのことであった。最後に台湾の中興大学の農水産食品関連の助教授であった李社長はかつての職業柄、人材育成にも相当の関心を有しており、ベトナムに進出している関連の台湾企業からベトナム人従業員を受け入れ、訓練している。工場内でこれらベトナム人従業員をみかけたが、今後さらに悪化するタイでの労働力不足に対する1つの対策として、人材の多国籍的活用を図っている。

国境を横断した人材の管理と整合

現地化の精神でタイに進出──JINPAO PRECISION INDUSTRY CO., LTD

● 多国籍人材を活用

当社は中国の呉江とタイのサムットプラカン県に工場を有し、この二つの工場で日本製機械を導入し、日本式の品質管理を行っている。ここタイの工場では2000種類の部品を生産しており、まさに多品種少量生産である。最近は板金の生産を拡大するために中国から最近タイへ生産をシフトした。鐘国松社長によると、「これまで20年間にここタイでは騙されるなどのひどいことが多くあった。」と述べ、タイで企業経営の難しさをにおわせていた。同社長のタイ人に対する見方は、かなりきびいしいものがあり、これまでのタイ在住20年の経験から「タイ人は信用できない。タイ人はタイ人同士では助け合うが、外国

人とは助け合わない。」という。当社の人材配置を聞くと、台湾人、タイ人のほかに金型設計部門にはフィリピン人、マレーシア人の技術者を採用しているし、そのほかの部門でもオーストラリア人、日本人を採用している。日本企業とは異なり、能力主義で国籍に関係なく採用するのがここタイではビジネス成功のポイントである。同社では部内会議は通訳を使用することなく、タイ語で行っている。同社のすべてのスタッフにとりタイ語のマスターは、不可欠な条件である。鐘国松社長も20年間タイ語を勉強しており、タイ語の読み書きはできないが、喋るには何ら不自由はないそうである。同社長は「わが社に来て４年になる日本人スタッフのタイ語が十分でないので解雇しようと考えたこともあった。」と述べた。同社長の見方によると、日本とインドのビジネスマンはここタイでみている限り、タイ語を勉強しようとしないとのことである。

● 求められる現地化の精神

同社長はこれまで何回か日本企業との合弁もしくは技術面での提携を図ったが、成功しなかった。同社長は日本企業の板金、切削技術を非常に高く評価しており、この分野での技術者が不足していることから、今後とも同業の日本企業との提携の可能性を追求するそうだ。しかし、タイにおける日本企業の労務管理に関しては、厳しいコメントが返ってきた。

同社長は「ここタイの日系企業は台湾企業よりも給与が高く、福利厚生もいいのに何故ストが多発すると思うか。」と筆者に質問したが、自ら以下の通り回答してくれた。

　「日本人ビジネスマンはタイ語を勉強しないで、通訳に頼りすぎる。タイ人の通訳は正確に通訳できず、日本企業の意図が十分に伝わらないからだ。これに対して台湾企業では台湾人社長が従業員に直接接触し、会社の経営方針を説明し、彼らの直面する問題を直接聞き取り、解決する方式を採用しているので、ストは起きない」とのことである。

　台湾人はどこでも海外赴任の命令があればそれに従い、現地の言葉の習得をはじめ、どんな環境であれ、現地化に全力をあげて努力するいわばゴキブリの精神を持っているからだという。しかし、最後に鐘国松社長はこのゴキブリの精神も台湾から中国へ移りつつあるといった。台湾も日本と同じようにこのゴキブリの精神を失いつつあるのであろうか。

日本企業の管理と品質要求は台湾企業にとって影響が大きい

日系自動車・家電メーカーへの部品供給に注力する台湾企業—HOO CHIN ELECTRONICS CO.LTD
　● **タイと中国でビジネス両面作戦を展開**
　同社はワイヤーハーネス，各種ワイヤー、パワーコードの生産及びPCB アセンブリーを行っている。ここタイにはSamutprakarn とPurachinburi に工場を有している。タイ以外では中国の昆山にも工場を有しており、台湾企業らしく世界の

市場として発展する中国市場とアジアの生産拠点として日本の自動車、電子関連の企業を吸引しているタイに2 工場を有している。当社はBenchmark Electnics（Thailand ）、Co.,LTD、Fujitsu Ten (Thailand)Co.,LTDといった米国、日本企業のほかに台湾企業の顧客としてDelta Electronics（Thailand）Public Co., Ltd といった企業を有しているが、張社長がトヨタにも部品を納品していることを明らかにした。このようにこれら日系企業の品質要求に関する部材の調達先、品質管理には相当気を使っている。同社長は最近、パナソニックの技術者がこの工場の生産ラインを検査にきたことを述べ、将来的にパナソニックにも部品を供給する可能性のあることを匂わせていた。

● 現地部材の調達でコスト削減へ

当社が生産する各種ワイヤーハーネスの現地部材の調達率は、中国の工場はじめ、米国、日本、台湾から輸入する部材の割合は20％で、現地部材の調達率は80％である。この部材の調達先としては、部品の供給先が品質にうるさいことから、日系企業、台湾企業が中心となるが、タイのローカル企業の発掘、そしてそこからの調達にも注力しているとのことであった。同社は品質管理システムに関しては、生産部門を細分化して、品質管理を従業員にやらせ生産ラインからでてくる製品の不良品発生率は1.7％までに抑えることができた。もちろん生産ラインから出てくる製品の最終チェックは30〜40 人のスタッフを有する品質管理部が最終チェックを行うことになっている。これほどやっても日本の顧客企業からの品質要求が来る場合があ

る。

　日本企業は一般的に品質管理の要求が強く、これに対しては台湾企業もかなり対応に四苦八苦している。特にキャノンは毎週品質管理に関する要求が出され、それもスキャナー、プリンターに関連した品質の要求が多いのが特徴とのことであった。当然のことながら、品質管理のために生産ラインには相当の投資をしている。当社はFull Automatic Terminal Crimping machineなど、完全自動化に近い生産設備を導入し、従業員の手作業によるミスを抑え、日系企業の品質要求に対応している。また、日系企業からの部材調達に関して張社長は「日本企業は100バーツの部材を台湾企業に110バーツで売ろうとする」という。日本企業からの部材調達は高品質であるが、価格が高いため、部材の調達先をタイの地場メーカー、タイ進出中国企業そして中国及び周辺諸国からの調達へと多角化している。

人材育成と労務管理を重視するべき

　タイ人従業員の労務管理のポイントはまず、業績によりABCDと４段階に分類していることである。この業績に則り、各従業員の目標設定を行い、労務管理を行うというものである。その際注意しなければならないのは、タイ人従業員との人間関係である。仕事の出来に関係なく、タイ人従業員の面子に配慮することが重要である。そうでないと、おとなしいタイ人

従業員がストとかさまざまな過激な行動に結びつくことになる
ケースがあるからだ。タイ人従業員の訓練のポイントはモノ造
りの品質を刷り込むことであり、新しく雇用したタイ人従業員
を3 カ月間、毎日40 分ほど訓練している。多いときには1 日の
訓練時間が6~8 時間に達することもある。タイ人は仏教徒なの
で、それほど反抗することもなく、取扱い易い側面もあるそう
だが、一方彼らは机の上に座って話をするなど台湾人スタッフ
とは異なる側面もあり、労務管理面での対応の難しさが窺われ
た。

論　壇　11　〔増訂版〕

ECFAと日台ビジネスアライアンス：経験、
事例と展望——エリートの観点とインタビュー実録

編　　　　者	徐斯勤、林祖嘉、陳德昇
発　行　者	張書銘
発　行　所	**INK**印刻文学生活雑誌出版有限会社
	23586新北市中和区中正路800号13階の3
	TEL：(02)2228-1626
	FAX：(02)2228-1598
	e-mail：ink.book@msa.hinet.net
	URL：http://www.sudu.cc
法 律 顧 問	漢廷法律事務所 劉大正弁護士
総 代 理 店	成陽出版株式会社
	TEL：(03)358-9000（代表番号）
	FAX：(03)355-6521
郵便振替番号	1900069-1 成陽出版股份有限公司
印 刷 ・ 製 本	海王印刷事業株式会社
	TEL：(02)8228-1290

2011年9月　初版1刷発行
2011年11月　改訂版発行
2011年12月　増訂版発行

定　　価　400元
ISBN　978-986-6135-49-1